Limoges
1865

Talabot P. A.

Galsuinde

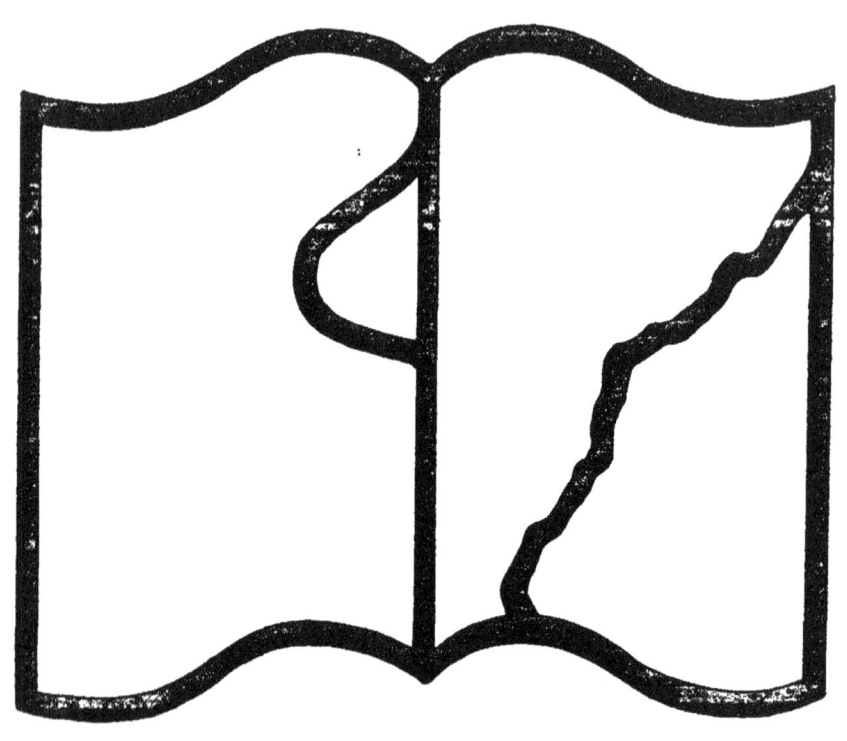

Symbole applicable
pour tout, ou partie
des documents microfilmés

Texte détérioré — reliure défectueuse

NF Z 43-120-11

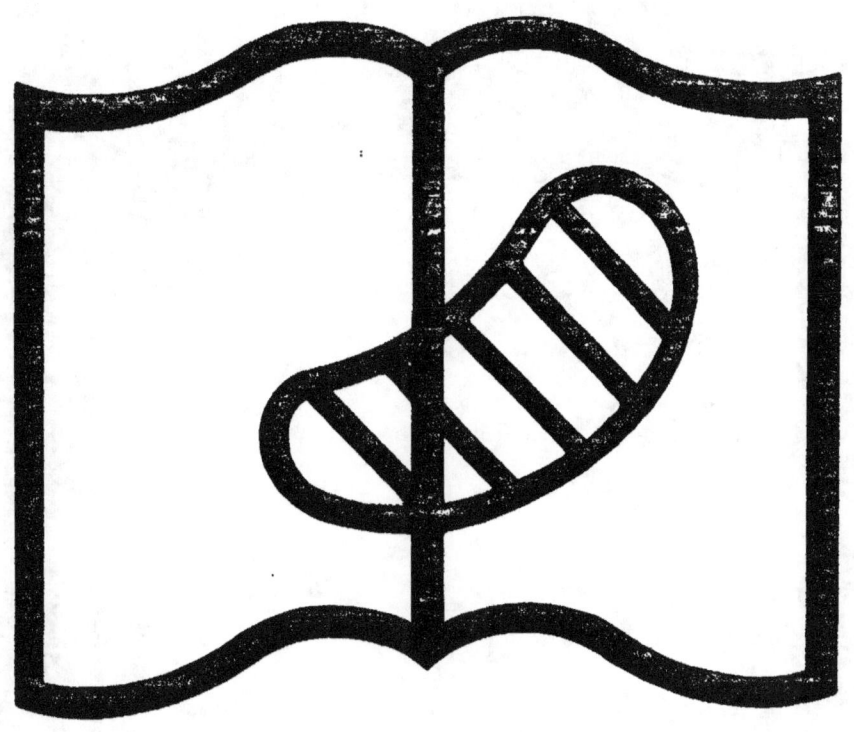

Symbole applicable
pour tout, ou partie
des documents microfilmés

Original illisible

NF Z 43-120-10

GALSUINDE

GALSUINDE

TRAGÉDIE EN CINQ ACTES

PAR

P.-A. TALABOT

———

LIMOGES

IMPRIMERIE H. DUCOURTIEUX

—

1865

J'ai composé la tragédie de *Galsuinde* en 1822.
— En 1823, je fis à Paris la connaissance de
Talma; je lui communiquai cette pièce, qui ob-
tint sa vive approbation, et qu'il se chargea de
faire représenter au Théâtre-Français. Ils m'indi-
qua quelques changements à faire et m'engagea à
donner un plus grand développement au rôle de
Chilpéric, dont il voulut bien se charger. Je re-
touchai mon travail conformément à ses idées.
Je ne pus retourner à Paris qu'au mois de septembre 1824. Je passai les vacances entières chez
Talma, occupé à revoir avec lui toute la pièce et
à la retoucher suivant ses avis. Les occupations
de ma profession d'avocat ne me permirent de
terminer ce travail qu'en octobre 1825. Talma fit
recevoir la pièce par les sociétaires du Théâtre-
Français au mois de mars 1826. Il s'occupait de
la faire jouer lorsqu'il fut atteint de la maladie
dont il mourut. Il parut pour la dernière fois sur

le théâtre le 13 juin 1826, et il mourut le 19 octobre de la même année. Après sa mort, il m'é-
tait difficile de faire représenter la pièce ; il n'y
avait personne au Théâtre-Français pour remplir
le rôle de Chilpéric. Retenu à Limoges, je ne
pouvais pas préparer la représentation, diriger
les répétitions, obtenir que la pièce fût jouée
avant beaucoup d'autres plus anciennement re-
çues, et faire enfin tout ce que Talma s'était
chargé de faire pour moi. Cependant, au commencement de l'année 1830, M. Védel, alors di-
recteur du Théâtre-Français, voulut mettre la
pièce à l'étude. La distribution des rôles était à
peu près convenue. Mᵐᵉ Valmouzey était chargée
de celui de Frédégonde ; d'accord avec M. Védel,
elle m'engageait à confier à David celui de Chilpéric. Je ne pouvais me décider à prendre ce
parti ; cependant nous étions au mois de juillet,
et la pièce devait être représentée au mois de septembre. Les choses en étaient là lorsque je pré-
sentai au Théâtre-Français une nouvelle tragédie,
Don Carlos, que je venais de terminer.

Les sociétaires de ce théâtre, qui avaient connu
mes relations avec Talma, et qui avaient déjà
reçu la pièce de *Galsuinde*, me firent un accueil
très bienveillant. Mademoiselle Mars me fit accorder sur-le-champ une séance pour la lecture
de mon dernier ouvrage ; je fis moi-même cette

lecture au commencement de septembre 1830. La pièce fut reçue avec faveur, on pensa qu'il y avait lieu de hâter la représentation ; elle fut mise sur-le-champ à l'étude et jouée le 17 novembre suivant, sous le titre de *l'Inquisition*. Le succès ne répondit pas à mes espérances ni à celles des sociétaires. La représentation marcha bien pendant les trois premiers actes; mais au quatrième acte les sifflets éclatèrent précisément sur les scènes qui se passent dans les prisons de l'Inquisition, et que je regardais comme les meilleures. Il y eut encore des sifflets pendant le cinquième acte. Cependant, la pièce ayant été jouée jusqu'au bout, j'avais le droit de faire continuer les représentations. Les acteurs m'engageaient à prendre ce parti, en faisant quelques coupures et quelques changements aux passages qui avaient été sifflés. Mais je ne me sentis pas le courage de recommencer l'épreuve; la pièce était mal montée, plusieurs rôles étaient mal joués, particulièrement celui d'Alvar, qui est capital. Je retirai donc la pièce, je renonçai à la poésie, et je laissai dormir *Galsuinde* dans les cartons du Théâtre-Français.

Après trente-quatre ans écoulés et ma carrière de magistrat terminée, j'ai voulu relire ces deux ouvrages ; je les ai lus avec autant d'impartialité et de désintéressement que si je n'en étais pas

l'auteur; j'ai pensé qu'ils méritaient d'être con-
servés, et je les ai fait imprimer à un petit nombre d'exemplaires pour mes parents et pour
quelques-uns de mes amis.

P.-A. TALABOT.

Juin 1863.

GALSUINDE

TRAGÉDIE EN CINQ ACTES

PERSONNAGES.

CHILPÉRIC, roi des Francs de Neustrie.
GALSUINDE, reine de Neustrie.
OSTRALIDE, dame de compagnie de la Reine.
RAYMONDE, dame de la suite de la reine.
FRÉDÉGONDE.
EPONYME, sorcière.
LANDRY, page de Frédégonde.
BÉRANGER, frère de Landry.
EGIZAND, ambassad.r d'Athanalgide, roi goth de Tolède.
EDGARD, officier de la suite d'Egizand.
METZLER, gouverneur du palais.
ARGINE, personnage muet.

ACTE I.

Le théâtre représente le jardin du palais du roi, à Soissons.

SCÈNE I.

OSTRALIDE, RAYMONDE.

RAYMONDE.

Ostralide, c'est vous, fille de l'Ibérie,
Et de Galsuinde ici la compagne chérie,
Qui devez lui parler sans crainte, sans détours,
Et de la vérité lui prêter le secours.

1.

OSTRALIDE.

Je l'ai fait, j'ai parlé, mais vainement. Raymonde,
La reine a contre moi défendu Frédégonde.
Tranquille, inaccessible à la crainte, aux soupçons,
Elle veut retenir sa rivale à Soissons.
Plus j'insistais et plus sa tendresse abusée
Défendait contre moi Frédégonde accusée.
Elle a loué longtemps sa grâce, ses attraits,
Et la fierté décente empreinte dans ses traits.
Depuis que Frédégonde à sa cour est venue,
Soissons a pris, dit-elle, une vie inconnue,
Et les jours, plus heureux, coulent rapidement.

RAYMONDE.

Folle prévention ! fatal aveuglement !

OSTRALIDE.

Elle croit qu'une humeur et jalouse et chagrine
M'inspire ces conseils, où la crainte domine.
Maintenant repoussé, que peut mon dévoûment ?
Dites, qu'en pensez-vous, vous qui savez comment,
Pour suivre son destin au fond de la Neustrie,
J'ai quitté sans retour mon heureuse patrie ?
Mais pourquoi l'accuser ? son cœur noble et loyal
Ne sait ni soupçonner ni comprendre le mal.
C'est du plus pur amour que le ciel l'a formée :
Comme elle aime d'abord elle se croit aimée,
Et de ce sentiment tout son cœur occupé,
Par une amitié feinte est aisément trompé.

RAYMONDE.

Sa rivale, au contraire, est d'autant plus à craindre
Que, prête à tout oser, elle s'abaisse à feindre.
Elle est bien telle encor qu'on la vit autrefois :
A tout ce qui l'entoure elle impose des lois.
Déjà l'essaim brillant d'une noble jeunesse,
Ardent à la servir, autour d'elle s'empresse.
Plusieurs, dans leur délire, offrant à sa beauté

L'hommage qu'on ne doit qu'à la divinité,
Sont prêts, au premier signe, à s'immoler pour elle.
L'un d'entre eux, plus que tous, aveuglement fidèle,
Landry, précoce amant et page audacieux,
Obéit à sa voix comme à l'ordre des cieux ;
Et de ce serviteur le dévoûment extrême
Ne reculerait pas devant le crime même.
De sinistres discours, des bruits inquiétants
Nous prédisent d'ailleurs des revers éclatants.
On dit, qu'errant la nuit, la sibylle Eponyme
Annonce les malheurs d'une reine, un grand crime,
Et vient ici prédire, une seconde fois,
Frédégonde élevée aux trône de nos rois.
On dit qu'un noir esprit, dans son antre magique,
Verse sur la sorcière un souffle prophétique,
Surtout quand Frédégonde, en ce séjour affreux,
Va chercher des conseils dignes de toutes deux.

OSTRALIDE.

Quels sujets de terreur... Toutefois, dans son âme,
Chilpéric cache encore le secret de sa flamme ;
Et loin qu'à Frédégonde, avec empressement,
Il offre les respects et les soins d'un amant,
Il semble qu'animé d'une secrète rage,
Il ne cherche à la voir que pour lui faire outrage.

RAYMONDE.

La perfide ! Elle sait que sa feinte froideur
Irrite encor du roi l'impétueuse ardeur ;
Mais que ce fier lion qui rugit dans sa chaîne,
Et dont l'amour souvent ressemble à de la haine,
Dès qu'elle le voudra, docile et caressant,
Fera taire à ses pieds ce courroux menaçant.

OSTRALIDE.

Cessons... voici la reine.

SCÈNE II.

GALSUINDE, OSTRALIDE, RAYMONDE.

GALSUINDE.

Eh bien! chère Raymonde,
N'a-t-on pas encor vu paraître Frédégonde?
    (Apercevant Ostralide.)
Ah! c'est toi... d'où te vient cet air triste? Je voi
Que ton cœur en secret s'est aigri contre moi.
Ai-je tort d'opposer ma justice incrédule
A l'effroi que t'inspire un soupçon ridicule?
Et puis-je, comme toi me laissant abuser,
Condamner aussitôt ceux qu'on ose accuser?
Dis-moi, si Frédégonde est ici ma rivale,
Si prête à me porter une atteinte fatale,
Du roi secrètement elle brigue le cœur,
Pourquoi recherche-t-elle à ce point ma faveur?
Va, tu la juges mal, on a trompé ton zèle;
Et, quand elle serait à ce point criminelle,
Qu'elle ne vînt ici que pour exécuter
Les desseins odieux qu'on lui veut imputer,
Crois-tu que mon époux, toujours prompt à se rendre
A ses séductions va se laisser surprendre?
Qu'il est prêt à trahir pour elle son devoir,
Et que pour m'oublier il suffit de la voir?
Ne te souvient-il plus de cette foi jurée
En face des autels, sous la voûte sacrée,
Lors qu'étendant la main sur les saints ossements,
Chilpéric de l'hymen proféra les serments.
Crois-tu qu'il soit si tôt infidèle et parjure?
Lui fais-tu, me fais-tu cette cruelle injure
De croire qu'il voudrait déjà répudier
Les nœuds dont à jamais il voulut se lier?
Si tu pouvais le voir alors que ma tendresse
De son front soucieux écarte la tristesse

Qu'il se plaît à louer mon amour, ma douceur,
Et le charme inconnu que j'apporte à son cœur,
Que tu penserais bien alors comme moi-même,
Que je n'ai rien à craindre et que Chilpéric m'aime !

SCÈNE III.

LES MÊMES. UNE SUIVANTE DE LA REINE.

LA SUIVANTE.

Egizand, de Tolède arrivé dans ces lieux,
Réclame la faveur de paraître à vos yeux.
Il dit qu'il est vers vous envoyé par son maître.

GALSUINDE.

Egizand à Soissons ! Qu'il vienne, il peut paraître.

(La suivante sort.)

De sa présence ici je ne sais que penser ;
Et je crains de savoir ce qu'il vient m'annoncer.
Déjà, depuis longtemps, ministre de mon père,
Sa naissance et son nom sont couverts de mystère.
A Tolède, du fond de la Gaule venu,
Le cours de son destin, jusqu'alors inconnu,
S'éleva tout à coup : lisant au front des astres,
Des Goths, en Italie, il prédit les désastres.
Consulté par mon père, introduit à la cour,
Son crédit près du maître accru de jour en jour,
Soumit à ses conseils les destins de l'empire,
Et, soit que la sagesse ou qu'un démon l'inspire,
Il semble posséder cet art audacieux
Qui montre à l'œil mortel l'avenir dans les cieux.

(Égizand s'approche.)

SCÈNE IV.

LES MÊMES. ÉGIZAND.

GALSUINDE.

Egizand, aux lieux où je suis reine,
Messager imprévu, quel motif vous amène ?

Mon père!... Ah! parlez-moi de mon père, seigneur.

ÉGIZAND.

Des ans accumulés il brave la rigueur.

GALSUINDE.

Ainsi rien n'a troublé la paix de sa vieillesse.
Il est heureux...

ÉGIZAND.

Il est consumé de tristesse.

GALSUINDE.

O ciel! que dites-vous? Qui cause son ennui?
S'afflige-t-il de voir ses enfants loin de lui?

ÉGIZAND.

Sans doute; ses chagrins viennent de sa famille.

GALSUINDE.

Hélas! qui d'entre nous?...

ÉGIZAND.

Il pleure sur sa fille.

GALSUINDE.

Sa fille!... Brunehaut règne heureuse et je crois
Qu'il n'a pas de chagrins qui lui viennent de moi.

ÉGIZAND.

Vous seule cependant excitez ses alarmes;
Pour vous sont ses terreurs, pour vous coulent ses larmes.

GALSUINDE.

Épouse d'un grand prince, étrangère au malheur,
Puis-je être pour un père un sujet de douleur!

ÉGIZAND (remettant un écrit à la reine).

Lisez, reine. Sachez quel titre votre père
M'a donné pour remplir un sacré ministère.

(Après que la reine a lu.)

Vous le voyez, il veut que mes secrets avis
Soient par sa fille ici fidèlement suivis.

GALSUINDE.

Docile à des souhaits que je ne puis comprendre,
J'obéis à mon père et je vais vous entendre.

Elle fait signe à Égizand de s'asseoir. Raymonde sort.

ÉGIZAND.

Reine, l'on sait partout, seule vous l'ignorez,
Que de piéges ici vos pas sont entourés,
Et que fatalement vous secondez vous-même
Un complot qui s'attaque à votre diadème.

GALSUINDE.

Fort bien, je vois le but où tendent vos discours;
Nommez donc Frédégonde et parlez sans détours.
Je sais ce qu'on en dit et ce que j'en dois croire.

ÉGIZAND.

Quoi! de tout son passé vous a-t-on fait l'histoire?

GALSUINDE.

Je sais que sous le chaume, au vallon d'Avaucour,
D'une mère inconnue elle a reçu le jour.
Qu'un berger, par pitié, prit soin de son enfance,
Et qu'un profond mystère entoure sa naissance.
Je sais que Théobald, l'élevant jusqu'à lui,
La plaça dans le rang qu'elle occupe aujourd'hui.
Ce rang lui fut donné par un nœud légitime;
Son élévation vous paraît-elle un crime?

ÉGIZAND.

Non. Mais vous a-t-on dit que, conduite à la cour,
Pendant plus de trois ans elle y fit son séjour?
Quinze printemps à peine avaient formé son âge
Lorsque, le front paré d'une grâce sauvage,
Elle vint du hameau dans le palais des rois.
Fier d'abord de montrer cet objet de son choix,
Théobald son époux, l'auteur de sa fortune,
Se sentit assaillir d'une crainte importune
Quand il surprit bientôt, sous le bandeau royal,
Les regards pleins d'amour d'un dangereux rival.
Vainement Chilpéric croyait cacher sa flamme,
Des yeux intéressés avaient lu dans son âme;
Et Théobald, en proie à de justes soupçons,
Songea qu'il était temps de partir de Soissons.
Déjà, secrètement, sa tendresse jalouse

Allait loin de la cour entraîner son épouse ;
Le jour était fixé, mais avant qu'il parût
Frédégonde fut libre et Théobald mourut.
Dirai-je quels soupçons l'évènement fit naître ?
On y crut voir la main d'une épouse, d'un maître,
Et devant leur amour on frémit de terreur.

GALSUINDE.

Quoi ! l'on osa penser... Égizand, quelle horreur !

ÉGIZAND.

Ce crime n'est pas bien prouvé... le doute est sage
Croyons qu'au hasard seul elle a dû son veuvage.
Ce que nous savons bien, c'est que, libre une fois,
A la reine Audovère elle imposa des lois ;
Et que cette princesse, en vain épouse et mère,
Alla cacher ses pleurs au fond d'un monastère.
Parmi des bruits divers on ne sait si sa mort
D'un profond désespoir fut le dernier effort,
Ou bien si sa rivale, à sa perte obstinée,
N'a pas précipité sa dernière journée.
Mais du joug de l'hymen à son tour délivré,
Tout entier à l'amour qui l'avait enivré,
Chilpéric ne sut plus ni cacher sa tendresse,
Ni borner les excès d'une indigne faiblesse.
Un mot de Frédégonde ici fut tout puissant ;
Elle put, à son gré, faire couler le sang,
Frapper ses ennemis et choisir ses victimes.
Enfin, pour assurer le triomphe à ses crimes,
L'aveugle Chilpéric se laissait entraîner
A l'autel, où l'hymen allait la couronner.
Quand le ciel fit soudain éclater sa furie :
De terribles fléaux frappèrent la Neustrie ;
Un mal contagieux dépeupla les cités ;
La famine régna dans les champs dévastés ;
Trois fois sur ce palais Dieu lança le tonnerre,
Et trois fois sous le trône il fit trembler la terre.
Chilpéric, repentant, crut voir, dans son effroi,

Les peuples châtiés des fautes de leur roi.
Des prêtres appelés les conseils l'entraînèrent;
De ce coupable hymen leurs soins le détournèrent.
Troublé dans ses penchants, de terreur combattu,
Malheureux dans le crime, il crut à la vertu,
Et d'ici pour un temps Frédégonde bannie
Vit dans ses grands desseins chanceler son génie.
Alors de votre père heureux ambassadeur,
Je conduisais à Metz Brunehaut votre sœur.
Sigebert l'élevait au trône d'Austrasie;
C'est de lui que j'appris les maux de la Neustrie.
Frère de Chilpéric, c'est lui qui m'a conté
Cet amour si puissant tout à coup surmonté,
Les sanglantes fureurs, l'exil de Frédégonde,
Et toute cette histoire en grands crimes féconde.
Quand Chilpéric, jaloux des légitimes nœuds
Que venait de former un frère vertueux,
D'une union pareille eut embrassé l'idée
Et qu'à ses vœux pressants vous fûtes accordée,
Vous savez quel serment pour vous fut exigé.
Vaine précaution qui n'a point corrigé
De ce cœur dépravé l'incurable faiblesse,
Et qui de votre père a trompé la sagesse.

GALSUINDE.

Et qui vous dit, seigneur, que ce serment trahi?...

ÉGIZAND.

Qui! vous le demandez!... Frédégonde est ici.
Depuis près de trois ans qu'elle était exilée,
D'où vient que tout à coup le roi l'a rappelée?
Sans son ordre formel serait-elle en ces lieux?
Aurait-elle abaissé ses vœux ambitieux
Au point de se courber, soumise et satisfaite,
Devant un diadème essayé sur sa tête?
Et vous qui possédez ce qu'elle crut son bien,
Pensez-vous, dans un rang qui fut presque le sien,
Pouvoir obtenir d'elle un dévoûment sincère?

GALSUINDE.

Ah ! seigneur, dites-moi ce qu'exige mon père.

ÉGIZAND.

Il veut que votre époux, docile à votre voix,
Exile Frédégonde une seconde fois,
Et qu'à votre prière à l'instant s'il ne cède
Vous-même soyez prête à me suivre à Tolède.

GALSUINDE.

Cet ordre de mon père excède son pouvoir;
Ce n'est pas envers lui qu'est mon premier devoir.
Lui, qui m'a mariée, ne saurait méconnaître
Que du jour de l'hymen mon époux est mon maître.
Croyez que de mon sort on prend trop de souci
Seigneur, je suis heureuse et je commande ici ;
Vous le pourrez bientôt certifier vous-même.
Sans invoquer du roi l'autorité suprême,
Moi seule je saurai, pendant votre séjour,
Engager Frédégonde à partir de ma cour.
Son dévoûment pour moi faisant ce sacrifice,
De vos affreux soupçons prouvera l'injustice.
Frédégonde ici même à l'instant va venir ;
D'un mot et sans effort je vais tout obtenir.
Et si de l'amitié la prière était vaine,
Je saurais faire entendre une voix souveraine.
Allez... Dès aujourd'hui, seigneur, vous pourrez voir
A quel point je suis reine et quel est mon pouvoir.

ÉGIZAND.

Plaise à Dieu qu'à nos vœux l'évènement réponde,
Et que vous puissiez seule éloigner Frédégonde.
Mais si tous vos efforts sont impuissants, je doi
Poursuivre mon message et m'adresser au roi.
Je vous laisse. (*Il sort.*)

SCÈNE V.

GALSUINDE, OSTRALIDE.

GALSUINDE.

Ah! dis-moi, que faut-il que je pense?
Ostralide, à la fin je doute, je balance.
Tous ces affreux récits que j'ai cru rejeter,
Rentrent dans mon esprit et viennent l'agiter.
Mais la voici, va-t'en; qu'on me laisse avec elle.

SCÈNE VI.

GALSUINDE. FRÉDÉGONDE.

GALSUINDE (à part).

Non, je ne la puis croire à ce point criminelle.

FRÉDÉGONDE.

Quoi! je puis avec vous être seule un moment,
Et seule en ce jardin... C'est un évènement.
Vous avez écarté cette suite ennuyeuse
Qui toujours vous obsède... Ah! que je suis joyeuse
De cette liberté..... Mais quels ennuis secrets,
Reine, semblent se peindre en vos regards distraits?

GALSUINDE.

Je suis triste, il est vrai... Tantôt sur ces rivages
Mes yeux croyaient trouver de sinistres présages;
Je contemplais ces murs élevés par Clovis,
Et témoins trop souvent des crimes de ses fils;
Je songeais qu'ils ont vu, de la reine Audovère,
Tomber rapidement la couronne éphémère;
Que je suis à sa place et que comme elle un jour
Je puis aux coups du sort être en butte à mon tour.

FRÉDÉGONDE.

Et d'où vous peut venir cette affreuse pensée?
Par quel signe funeste êtes-vous menacée?
Votre époux vous chérit et vos peuples heureux
Prosternent à vos pieds leur respect amoureux.

Cette prospérité dont vous êtes comblée,
Par quel pouvoir humain peut-elle être troublée?

GALSUINDE.

Ainsi rien désormais, si j'en crois vos discours,
De mes prospérités ne menace le cours ;
D'aucune ambition la criminelle audace
Ne convoite le rang où mon hymen me place ;
Dans ma cour, près de moi, je n'ai point d'ennemis...

FRÉDÉGONDE.

Je ne vois que des cœurs dévoués et soumis.

GALSUINDE.

Vous aussi, vous m'aimez d'une amitié sincère.
Vous m'aimez, n'est-ce pas ?

FRÉDÉGONDE.

    Sans doute ; mais j'espère
Que vous n'en doutez pas.

GALSUINDE.

    J'en dois pourtant douter,
D'après certain avis qu'il me faut écouter.

FRÉDÉGONDE.

Et d'où vient cet avis pour moi peu charitable ?

GALSUINDE.

Il vient d'un protecteur, d'un ami véritable.
Frédégonde... on prétend que quelqu'un me trahit
Et l'on dit que c'est vous.

FRÉDÉGONDE.

    Quoi !... que vous a-t-on dit ?
Moi vous trahir ! ô ciel !...

GALSUINDE.

    En effet, comment croire
Que vous portiez une âme assez lâche, assez noire
Pour comploter ma perte et trahir sans pitié
Ma confiance aveugle et ma franche amitié.
Non, je ne le crois point... Pourtant on vous signale
Comme mon ennemie et comme ma rivale.
On dit que sous mes yeux, au sein de ma faveur,

De mon époux séduit vous m'enlevez le cœur.

FRÉDÉGONDE.

Mais qui donc parle ainsi?

GALSUINDE.

Qui? Soissons, la Neustrie,
Mon père qui m'écrit du fond de l'Ibérie.

FRÉDÉGONDE.

Est-ce que le mensonge au loin accrédité
Cesse d'être mensonge et devient vérité?
La calomnie est-elle à ce point redoutable
Qu'aussitôt qu'elle accuse on devienne coupable?
A tout ce qui m'attaque, ou de près ou de loin,
Ma conduite répond, vous en êtes témoin.
Ne suis-je pas ici, vivant sous votre vue,
De vos heureux loisirs la compagne assidue?
Me voit-on rechercher les hommages du roi?
Qu'ai-je fait jusqu'ici pour l'attirer vers moi?
Tandis que tous mes soins parviennent à vous plaire,
Chilpéric de tout point ne m'est-il pas contraire?
Ne le voyez-vous pas, par des indignités,
Me faire chaque jour expier vos bontés?
De ses vrais sentiments n'êtes-vous pas certaine?
Croyez-vous qu'abaissé jusqu'à feindre la haine
Votre époux, pour voiler son manquement de foi,
Même lorsqu'il m'outrage est d'accord avec moi?

GALSUINDE.

C'est là ce que j'ai dit... Je l'ai dit, je le pense;
J'ai combattu l'erreur, j'ai pris votre défense.

FRÉDÉGONDE.

Qui donc ose blâmer ce que vous trouvez bien?
Qu'importe ce qu'on dit si vous n'en croyez rien?

GALSUINDE.

Frédégonde, je dois aux plaintes de mon père
Accorder quelque chose; il le faut et j'espère,
Pour dissiper l'effroi qui trouble ses vieux jours,
De votre dévoûment obtenir le secours.

Écoutez, et parlons avec pleine franchise.
En ce jeune veuvage où le sort vous a mise,
Pouvez-vous habiter la cour sans exciter
Ces bruits accusateurs qui viennent d'éclater?
L'opinion sans doute est pour vous trop sévère;
Cependant les malheurs de la reine Audovère,
Le nœud qui l'unissait à Chilpéric brisé,
Votre faveur croissant sur son droit méprisé;
Votre berceau sans nom, l'éclat de votre vie,
Tout fournit contre vous des armes à l'envie.
Du présent que je vois volontiers je réponds;
Mais le passé renferme, en ses replis profonds,
Je ne sais quoi d'obscur, une rumeur confuse
Qui partout se répand et toujours vous accuse.
Sur ce passé douteux et plein d'obscurité
Il faut que le présent jette quelque clarté;
Et puisque en vous voyant à la cour replacée
On pense qu'une reine est encore menacée;
Puisqu'il suffit qu'ici vous soyez près du roi
Pour qu'on vous calomnie et qu'on tremble pour moi,
Partez... Que votre exil, soudain et volontaire,
Confonde l'imposture et la force à se taire.

FRÉDÉGONDE.

Eh quoi! faut-il céder aux calomniateurs,
Et pouvez-vous penser que mes accusateurs,
S'ils m'attaquent ici m'épargneront absente?
Est-ce donc en fuyant qu'on paraît innocente?
Et puis, que dirait-on de ce prompt changement?
Qui donc pourra compter sur votre attachement
Et sur votre faveur pour moi si passagère?
Si l'on me croit coupable on vous croira légère.
Madame, croyez-moi, ne précipitons rien.
Attendons, nous verrons.

GALSUINDE.

          Cette rigueur m'afflige;
Mais vous partez demain... J'ai promis; on l'exige.

FRÉDÉGONDE.

Quoi, demain! Quoi, sitôt! Avez-vous bien songé
A l'éclat que va faire un si brusque congé?
Pour Dieu, n'exigez pas qu'une fuite aussi prompte
Aux yeux de votre cour fasse éclater ma honte.
Permettez que je puisse, avec quelque retard,
D'un prétexte du moins colorer mon départ.
Laissez-moi quelques jours pour que je me prépare
A subir la rigueur du coup qui nous sépare.

GALSUINDE.

A ce que j'ai promis je ne puis rien changer.

FRÉDÉGONDE.

Moi... je veux réfléchir avant de m'engager,
Et je n'ai rien promis.

GALSUINDE.

O ciel! qu'osez-vous dire!

FRÉDÉGONDE.

L'amitié jusque-là n'étend pas son empire;
Et le soin qu'elle prend de me justifier
La rend un peu trop prompte à me sacrifier.
Avant de contenter son exigence extrême,
Il doit m'être permis de songer à moi-même,
Et de délibérer, toute seule, un moment,
Pour savoir jusqu'où doit aller mon dévoûment.

GALSUINDE.

Puisqu'on n'écoute pas l'amitié qui demande,
C'est la reine à présent qui parle et qui commande;
Vous partirez demain, je le veux...

FRÉDÉGONDE.

Cette fois
Je ne puis éluder l'ordre que je reçois;
Mais, avant de commettre ainsi votre puissance
Et d'en faire l'essai sur mon obéissance,
Réfléchissez encor... Peut-être il serait bien
De consulter un peu votre maître et le mien.
Par son ordre formel à sa cour rappelée,

Par quelque autre que lui puis-je en être exilée ?
L'une et l'autre craignons de trop nous avancer ;
En vous obéissant je pourrais l'offenser.
J'attendrai qu'il s'explique. (*Elle sort.*)

SCÈNE VII.

GALSUINDE, OSTRALIDE.

OSTRALIDE.

Eh bien !

GALSUINDE.

Je suis trahie !
Le masque qui cachait ma perfide ennemie,
Je viens de l'arracher... Sur son front, dans ses yeux,
J'ai lu la trahison, le crime audacieux.
Oh ! qu'elle me paraît maintenant redoutable !
Elle ose me braver... Mon époux est coupable...
Ils sont d'accord... Je crois, je crains tout à présent
Viens, et livrons mon sort aux conseils d'Égizand

FIN DU PREMIER ACTE.

ACTE II.

La scène est dans une salle du palais.

SCÈNE I.

GALSUINDE, OSTRALIDE, ÉGIZAND, EDGARD.

GALSUINDE.

Ah ! mon cœur se ranime, il renaît à la joie ;
Un avenir plus doux à mes yeux se déploie.
Frédégonde, seigneur, dans son dépit jaloux,
Avait calomnié le cœur de mon époux.
Il vient de nous montrer, prompt à faire justice,
Que de cette perfide il n'était pas complice.
Et moi qui l'accusais !... Ah ! seigneur, sa bonté
Me fait de mes soupçons haïr l'indignité.
Pour vouloir me venger je me sens trop heureuse.
J'abandonne à l'oubli cette femme orgueilleuse
Qui, s'enivrant encor des songes du passé,
A cru voir à ses pieds Chilpéric abaissé.
Elle part, il suffit ; j'oublie et je pardonne ;
A la sécurité mon âme s'abandonne.
Ce soir, réunissant les dames de ma cour,
Je veux que la gaîté remplisse ce séjour.
Vous y viendrez, seigneur, n'est-ce pas ? et j'espère
Vous retrouver alors moins triste et moins sévère.

(Elle sort avec Ostralide.)

2

SCÈNE II.
ÉGIZAND, EDGARD.

EDGARD.

Pourquoi donc, à vos vœux quand tout succède ici,
Vois-je encore votre front chargé d'un noir souci ?
Seigneur, vous triomphez, toujours heureux et sage,
Et nous pourrons bientôt revoir les bords du Tage.

ÉGIZAND.

Hélas ! s'il faut t'ouvrir ce cœur infortuné,
Nous sommes, cher Edgard, aux bords où je suis né.
Cinq lustres ont passé sur ma tête flétrie,
Depuis que fugitif, j'ai quitté ma patrie.
Nul ne me reconnaît, tous ceux qui m'étaient chers
De la terre funèbre à jamais sont couverts.
Ces lieux sont pleins pour moi de tristesse et de charmes,
Et mes arides yeux ont retrouvé des larmes.
Mais sais-tu quel objet merveilleux, inconnu,
Vient d'agiter mon cœur vainement prévenu ?
Edgard, je viens de voir cette beauté fameuse,
De la reine de France rivale dangereuse :
Un charme inexprimable et mêlé de terreur
A fasciné mes sens, j'ai cru rêver... Mon cœur
En elle a retrouvé je ne sais quelle image
De celle qui troubla, qui charma mon jeune âge.
D'effrayants souvenirs tout à coup oppressé,
J'ai cru rentrer vivant dans l'horreur du passé.
J'ai senti, comme aux jours d'une funeste ivresse,
Bouillonner dans mon sein l'ardeur de ma jeunesse.
Fixant sur Frédégonde un regard plein d'amour,
D'horreur et de plaisir j'ai frémi tour à tour,
Pour la perdre envoyé, je voudrais la défendre.
Je voudrais... D'où me vient un intérêt si tendre ?
Edgard, des sentiments contraires et confus
Égarent ma raison ; je ne me connais plus.

EDGARD.

Depuis notre départ du palais de Tolède
Je ne sais quel ennui vous trouble et vous obsède.
Votre esprit, autrefois si puissant et si fort,
N'ose plus qu'avec crainte interroger le sort.
Des monts pyrénéens, quand franchissant les cimes,
Nous marchions égarés sur le bord des abîmes,
Des vautours qui dans l'air poussaient des cris perçants
Et décrivaient sur nous des cercles menaçants,
Ont offert à vos yeux le plus sinistre augure.
Ces oiseaux dévorants demandent leur pâture,
Disiez-vous. Je devrais retourner sur mes pas;
La route où nous marchons me conduit au trépas.

ÉGIZAND.

Eh quoi! n'as-tu pas vu, quand dans ces gorges sombres,
La nuit nous surprenait, précipitait ses ombres,
Une femme courir de rocher en rocher,
De nos coursiers tremblants quelquefois s'approcher,
Et, de ses cris aigus frappant l'écho sauvage,
Des sinistres vautours confirmer le présage?
D'autres signes depuis, de moi seul aperçus,
Reviennent chaque nuit et ne me quittent plus.

EDGARD.

Ah! seigneur, repoussez cette triste science,
Qui de notre avenir détruisant l'espérance,
Croit pouvoir dérober au livre du destin
De notre sort futur le secret incertain.
Craignons d'offenser Dieu! Que nos yeux téméraires
Ne s'arrêtent jamais sur de pareils mystères.

ÉGIZAND.

Cher Edgard, je voudrais, tranquille comme toi,
Oublier la science et dormir dans la foi.
Mais, quel que soit le sort que le ciel me présage,
N'en parlons plus, Edgard; j'ai fini mon message.
Avant qu'ici deux fois reparaisse le jour,

Du prince neustrien nous quitterons la cour.
Ce roi qu'on accusait, injustement peut-être,
Exile Frédégonde et satisfait mon maître.
Que me faut-il de plus, qui peut me retenir
Aux lieux où j'aurais dû ne jamais revenir?
Mais quelqu'un vient, sortons, revoyons cette ville
Et ces champs regrettés d'où le destin m'exile.

SCÈNE III.

LANDRY (seul).

C'est l'étranger sur qui doivent veiller mes yeux.
Il vient de voir le roi; mais son front soucieux
M'annonce que du moins l'objet de son voyage
N'a pas du maître encore obtenu le suffrage.

SCÈNE IV.

LANDRY, BÉRANGER.

BÉRANGER.

Mon frère... cher Landry... Qu'as-tu fait... insensé,
Hélas! est-il donc vrai que Rhuttin t'a blessé.

LANDRY.

C'est au bras... à ce bras... Ce n'est rien. Son épée,
Plus prompte que la mienne, en mon sang s'est trempée.
Mais nous nous reverrons, comptes-y, Béranger,
Tu me verras bientôt périr ou me venger.

BÉRANGER.

Si jeune... Ah! malheureux, d'où te vient cette rage?

LANDRY.

Eh quoi! je souffrirais qu'on déverse l'outrage
Sur celle que je sers et qui brille à mes yeux
D'un éclat aussi pur que la splendeur des cieux!
Moi, son page chéri, son serviteur fidèle,
Je n'aurais pas le droit de combattre pour elle,
De mourir s'il le faut?... Lorsque, insolent railleur,
Rhuttin de Frédégonde a persiflé l'honneur,

J'aurais pu rester calme? Ah! plutôt, sans attendre
Qu'il eût tiré le glaive et qu'il pût se défendre,
Peut-être j'aurais dû, prévenant le combat,
Par un coup de poignard punir son attentat,
Et ne pas confier au sort douteux des armes
Une vengeance due à de si nobles charmes.

BÉRANGER.

Faut-il que cette femme au cœur ambitieux
Ait pu prendre sur toi cet empire odieux!
Pour ce grand dévoûment qu'espère ta folie?

LANDRY.

Rien... et sans autre espoir je lui donne ma vie.
Je ne suis à ses yeux qu'un enfant et l'amour
Qui me brûle en secret n'attend pas de retour.
Avec moi je voudrais aux pieds de Frédégonde
Voir tomber prosternés tous les maîtres du monde.
De son ambition, généreux instrument,
Mon amour ne paraît que par mon dévoûment.
Trop heureux, s'il le faut, de me perdre pour elle,
Je ne demande pas d'autre prix de mon zèle.

BÉRANGER.

Infortuné Landry!

LANDRY.

        Comprends-tu sa beauté,
Ce port voluptueux et plein de majesté,
Ce front éblouissant, où brille son génie,
Où la fierté se montre avec la grâce unie!...
Enfant, je devins homme au feu de son regard.
Du droit de l'adorer j'osai prendre ma part.
Des cieux avant le temps je dérobai la flamme
Et son premier aspect me révéla mon âme.
J'étais dans le néant... grâce à l'amour je vis.
Mon jeune cœur s'élance à des desseins hardis;
J'ai d'un monde nouveau franchi les avenues,
Et je découvre en moi des forces inconnues.

2.

BÉRANGER.

Landry, c'est au malheur, au crime que tu vas.
Hélas! si tu savais de quels noirs attentats
Aux yeux de tous déjà cette femme est flétrie,
Tu haïrais l'objet de ton idolâtrie.

LANDRY (tirant son poignard).

Mon frère... Béranger... tu blasphèmes... tais-toi.
Tais-toi... crains ce poignard. Je sens avec effroi
Que je te frapperais.

BÉRANGER.

Ce funeste délire
Est l'œuvre du démon dont tu subis l'empire.
Ton amour satanique est un lien de fer
Qui tient déjà ton âme attachée à l'enfer.

LANDRY.

Que m'importe l'enfer... Le paradis c'est elle...
Son amour un instant c'est la vie éternelle;
Et quoi qu'on dise d'elle et de ses attentats,
Pure ou non, je l'adore et ne changerai pas.

BÉRANGER.

Hélas! si notre mère entendait ce langage,
Quel surcroît de douleur pour son récent veuvage!
Comme son cœur pieux se briserait d'effroi
Et comme ses sanglots éclateraient sur toi!

LANDRY.

Ne vas pas lui parler de tout cela, mon frère.
Tu sais combien mon cœur pour cette tendre mère
Est plein d'un saint amour; mais un amour plus fort
Me subjugue... m'entraîne...

BÉRANGER.

Il t'entraîne à la mort.

LANDRY.

Béranger, tu vois trop sous une couleur noire,
Un destin qui n'est pas sans espoir et sans gloire.
Calme-toi... Mais voici le farouche Metzler;
Ce vieux comte germain, au bras, au cœur de fer.

Évitons ses regards, cachons-lui ma blessure ;
Viens... il insulterait à ma mésaventure.

SCÈNE V.

METZLER.

Toujours Landry, toujours ce page audacieux ;
Tel qu'une ombre furtive il se glisse en tous lieux :
Il n'est pas de secret que sa perfide adresse
Ne surprenne et soudain n'apporte à sa maîtresse.
Aussi partout l'intrigue assiége ce palais,
Et la gloire et l'honneur en ont fui pour jamais.
Quel héroïque emploi de veiller à toute heure
Sur un roi qui se cache au fond de sa demeure,
Enfant dégénéré de ces rois conquérants,
Qui vivaient sous la tente et mouraient dans nos rangs.
Ah ! si je ne voyais ma carrière finie,
J'aimerais mieux encor rentrer en Germanie,
Redevenir errant et de nos fiers aïeux
Regagner les forêts et relever les dieux,
Que de vieillir ici sans fatigues, sans gloire,
Sans espoir de mourir dans un jour de victoire !

SCÈNE VI.

CHILPÉRIC, METZLER.

CHILPÉRIC.

Sais-tu ce qu'Égizand vient de me demander,
Metzler, et ce qu'aussi je lui viens d'accorder ?
L'exil de Frédégonde. Aux vœux de mon beau-père,
Qui semble menacer mes refus de la guerre,
Je me rends cette fois... Dans un autre moment,
Cette audace eût reçu quelque prompt châtiment ;
Mais Frédégonde enfin lassant ma patience,
A sur son fol orgueil attiré ma vengeance.
Quels sont donc ses desseins, dis, Metzler, comprends-tu
Les nouvelles rigueurs de sa feinte vertu ?

Le passé n'est-il plus présent à sa mémoire?
Qu'elle parte, il le faut, et le soin de ma gloire,
Et mon ressentiment, mon repos, mon devoir,
Tout me fait une loi de ne plus la revoir.
L'épouse de mon choix, jeune, tendre, fidèle,
N'aura pas à souffrir une injure cruelle.
Dans son amour naïf je trouve une douceur,
Qui de mes passions fait taire la fureur.
Il semble qu'en mon cœur ses caresses si pures,
Du remords déchirant guérissent les blessures,
Et que la douce paix, qui brille dans ses yeux,
Se répandant sur moi me rapproche des cieux.
Sans cela, cher Metzler, cet ordre téméraire
Qu'ose ici m'adresser une cour étrangère,
Avec juste raison révoltant ma fierté,
Ne m'aurait pas trouvé tant de docilité.
J'ai mes desseins, d'ailleurs... De cette complaisance
Certain pacte secret fixe la récompense.
De mon frère Gontran tu connais les complots,
Tu sais que près de lui je n'ai point de repos,
Qu'il faut que je l'accable ou bien que je périsse;
Eh bien, Athanalgide, à mes desseins propices
M'offre, contre Gontran, les nombreux étendards,
Qui viennent d'arrêter les progrès des Lombards.

METZLER.

Seigneur, ne souffrez pas que la discorde attire
Des soldats étrangers dans le sein de l'empire;
Et si votre vertu vous excite aux combats,
De plus justes motifs ne vous manqueront pas.
Au fond de l'Orient, repoussé sans retour,
L'empire des Romains s'affaiblit chaque jour.
Par les guerriers lombards, tout à coup assaillie,
La puissance des Goths succombe en Italie.
Les Hérules, les Huns ont fini leurs destins;
Le Vandale a péri sur les bords africains.
Tous ces peuples nouveaux, torrent que rien n'arrête,

Par le repos vaincus meurent sur leur conquête.
Et nous race des Francs, nous la gloire du Nord,
Entourés d'ennemis, quel sera notre sort,
S'il nous faut désormais, conquérants pacifiques,
Suspendre aux murs gaulois les haches germaniques?
Ou si, plus insensés, notre glaive vainqueur
Dans notre propre sang épuisant sa fureur,
Nous restons partagés, affaiblis, sans défense,
Au milieu des vaincus armés par la vengeance.
Vers les Alpes plutôt faites marcher les Francs :
L'Italie est ouverte à tous les conquérants.
Tandis que Sigebert triomphe en Germanie,
Repoussez les Lombards jusqu'à la Pannonie,
Soumettez, comme lui, des royaumes entiers,
Et des Romains tombés soyons seuls héritiers.

CHILPÉRIC.

Je n'irai pas chercher des guerres étrangères,
Tandis qu'autour de moi je vois régner mes frères,
Tandis qu'en quatre parts l'empire est divisé,
Et que chacun de nous n'a qu'un sceptre brisé.
Clotaire, avec ce fer, qui m'échut en partage,
Des enfants de Clovis réunit l'héritage.

METZLER.

Quel exemple!... Ah ! seigneur !

CHILPÉRIC.

       Me préservent les saints
Que le sang innocent jamais souille mes mains ;
Mais contre des pervers forcé de me défendre,
Répondrai-je du sang qu'il me faudra répandre?
De celui de ses fils couvert avec douleur,
Clotaire n'en fut pas moins juste au fond du cœur.
L'Église parle encore de ses pieux exemples;
Dans la Gaule partout il éleva des temples,
Et dans tous ses desseins par le ciel protégé,
Il mourut saintement d'ans et d'honneurs chargé.

Va, puisqu'en mes desseins l'Espagne me seconde,
J'accorde volontiers l'exil de Frédégonde.
Porte lui son arrêt... Trop longtemps différé,
Cet exil m'est prescrit par un devoir sacré.
Tu sais que mon amour qui pleurait son absence
Devint plus malheureux encor par sa présence ;
Qu'insensé de désir, à son aspect, je sens
Tout le feu des enfers s'allumer dans mes sens ;
Qu'elle excite à la fois dans mon âme incertaine,
Des transports opposés de tendresse et de haine.
Hier, par le remords, par l'amour tourmenté,
Honteux d'aimer encore et d'être rebuté,
Seul, dirigeant mes pas vers ce saint monastère,
Que fonda sous ces murs la terreur de Clotaire,
Aux pieds du saint prélat qui dirige ma foi,
J'ai porté les remords qui s'emparaient de moi.
Des volontés du ciel ce sévère interprète,
D'un châtiment terrible a menacé ma tête,
Si j'osais, nourrissant un criminel amour,
Retenir plus longtemps Frédégonde à ma cour.
Hâtons-nous donc, Metzler, le ciel dans sa colère,
Peut se lasser enfin du remords qui diffère.
Ma raison, qui longtemps ne fit qu'un vain effort,
Avec l'ordre de Dieu se trouve enfin d'accord.
Va... Dis lui que, docile à l'ordre qui l'exile,
Loin des murs de Soissons elle cherche un asile.

SCÈNE VII.

CHILPERIC (seul).

Qu'elle parte... A la fin me voici dégagé...
J'ai commencé le bien mon cœur est soulagé.
Frédégonde !... Quel joug j'étais prêt à reprendre ;
Mais le bien est facile à qui l'ose entreprendre ;
Un cœur qui veut se vaincre est aisément dompté,
Et la grandeur des rois est dans leur volonté.

La disgrâce et l'exil de la reine Audovère,
Mes enfants repoussés et privés de leur mère,
Du fardeau des impôts mes peuples surchargés,
L'Église dépouillée et les saints outragés ;
Frédégonde à mon règne imposa tous ces crimes.
Que de fois m'éveillant au cri de mes victimes,
Qui plaintives sortaient de la couche des morts,
Au tribunal de Dieu j'ai porté mes remords !
Que de fois aux autels entraîné par mes craintes,
J'ai troublé de mes cris la paix des voûtes saintes !
Mais aussi que de fois, ivre de volupté,
J'ai confié mon âme à l'incrédulité,
Goûté la paix du crime et dans un doute impie,
Bercé ma conscience un moment assoupie !...
Faible soulagement, qui trompe un criminel
Chancelant sur le bord de l'abîme éternel.
Voici l'heureux moment où Dieu, sur ma carrière,
Jette un rayon plus vif de sa sainte lumière ;
Où je vois le chemin que son doigt m'a tracé,
Où je puis séparer l'avenir du passé.
Une fois seulement Dieu dans notre âme envoie
Ce rayon fortuné qui nous montre la voie ;
Et si dans cet instant nous détournons les yeux,
Il retire sa grâce et nous ferme les cieux.
Mon cœur veut s'affranchir de tout ce qui le souille.
Du passé, loin de moi, rejetant la dépouille,
Je m'avance, semblable au serviteur de Dieu,
Qui revêt un lin pur aux portes du saint lieu.
Adieu donc, Frédégonde, adieu donc pour la vie !
Avec tout le passé mon cœur te répudie.
En t'éloignant de moi j'échappe à ton pouvoir ;
C'est déjà la vertu que cesser de te voir.
Que je vais étonner ton orgueil indomptable !
Bientôt tu vas venir, plus douce et plus traitable,
Déposer toute feinte, et pour toucher mon cœur,
Au lieu de ta fierté me montrer ta douleur.

Il ne sera plus temps. J'ai vaincu ma tendresse.
Te voici sans pouvoir, car je suis sans faiblesse.

SCÈNE VIII.

CHILPÉRIC, METZLER.

CHILPÉRIC.

Tu reviens... tu l'as vue... elle va m'obéir.

METZLER.

Oui, de vos volontés je viens de l'avertir.

CHILPÉRIC.

Et son cœur s'est d'abord résigné sans murmure?...

METZLER.

Oui, seigneur.

CHILPÉRIC.

    Quoi, Metzler, tranquille à cette injure,
Rien n'a trahi son trouble et son dépit secret !...

METZLER.

Elle ne m'a montré ni dépit, ni regret,
Et sans vous assiéger d'une plainte inutile,
Elle va se soumettre à l'ordre qui l'exile.

CHILPÉRIC.

Tu ne l'a connais pas. Elle croit me revoir,
Et sur mon cœur encore reprendre son pouvoir.
Ma fermeté, Metzler, trompera son attente.

METZLER.

Mais, seigneur, résignée et comme indifférente,
Du palais tout à l'heure elle songe à sortir.

CHILPÉRIC.

Quoi!... sitôt... Sans me voir elle est prête à partir.
Je ne m'attendais pas à tant d'obéissance...
Mais peut-être, Metzler, cet air d'indifférence
Te cachait les ennuis de son cœur tourmenté.

METZLER.

Non; sa soumission n'avait rien d'affecté.
J'ai vu même, au moment où s'approchait son page,

Un sourire animer les traits de son visage.
Tranquille elle a donné ses ordres devant moi.

CHILPÉRIC.

Il se peut!... En effet... j'avais tort... je te croi.
Oui, sous ce feint respect son orgueil me défie ;
Dans sa soumission je lis sa perfidie.
Son cœur, qui dans mes maux trouve un secret plaisir,
Pour les accroître encor s'empresse à m'obéir.
Ma douleur fait sa joie. Eh bien! oui, sur l'ingrate
Il est temps à la fin que ma vengeance éclate !
Tu le vois, elle part, sans daigner s'informer
Si sa prière encor pourrait me désarmer,
Sans me flatter au moins par quelque résistance.
Va, je la punirai de son obéissance...
Une étrange pensée occupe mes esprits :
Ce départ empressé, ce calme, ce mépris,
Tout me fait soupçonner qu'un rival téméraire
L'excite à me braver et parvient à lui plaire.
Dans toute sa conduite à présent j'entrevoi
Je ne sais quel dessein de se jouer de moi.
Des dédains obstinés qu'à mes vœux elle oppose,
Dans un dépit jaloux toujours cherchant la cause,
Au bonheur d'un rival je n'avais pas songé.
Dans quel aveuglement, grand Dieu ! j'étais plongé.
Quel autre sentiment qu'une amour infidèle
Pourrait ainsi la rendre à tous mes vœux rebelle,
Et lui faire abdiquer, en partant de ces lieux,
L'espoir qu'osa nourrir son cœur ambitieux?
Il faut que cet amour qui loin de moi l'entraîne
Ait acquis bien des droits sur son âme hautaine !
Quel mortel à ce point a pu la conquérir?...
Il a par son bonheur mérité de mourir.

METZLER.

Ah! seigneur!

CHILPÉRIC.

Ma tendresse, à ce point méprisée.

3

Serait pour un rival un objet de risée !...
Il me faudra du sang, Metzler ; à ma bonté
Sous mes yeux, dans ma cour, on a trop insulté.
Sur tout ce qui m'entoure à présent suspendue ,
La mort plane, cherchant la tête qui m'est due.
Mais par le trouble encor mes yeux sont obscurcis,
J'ai besoin de fixer mes soupçons indécis.

MÉTZLER.

Ne vous occupez plus d'une femme coupable ;
Qu'un oubli dédaigneux dans son exil l'accable,
Quels que soient ses desseins, qu'elle parte...

CHILPÉRIC.

Tu veux

Que j'ordonne un exil qui comblerait ses vœux ?
Quoi ! lorsqu'avec effort triomphant de moi-même,
J'éloigne en gémissant une ingrate que j'aime,
Je laisserais sa joie insulter ma douleur !
Un rival à ma place obtiendrait ce bonheur,
Dont le seul souvenir me transporte et m'enivre !
Pour un autre que moi je la laisserais vivre !
Non, tu ne le veux pas. D'un monarque insulté
Tu sens qu'il faut ici venger la majesté.
Ah ! Metzler, dans ce trouble où flotte ma vengeance,
De tes propres soupçons prête-moi l'assistance !
N'as-tu rien vu, rien su ? Ne me déguise pas
Les propos que sans doute on répète tout bas.
Viens, cherchons la clarté dans cette nuit profonde ,
Et d'abord retenons les pas de Frédégonde.

FIN DU DEUXIÈME ACTE.

ACTE III.

Il est nuit. Le théâtre représente une partie du jardin du palais. Au fond on voit des murs et des tours. D'un côté des arbres, de l'autre un portique et des croisées éclairées par une lumière qui vient de l'intérieur du palais. On entend une musique animée partant du même endroit.

SCÈNE I.

EPONYME, ARGINE.

ÉPONYME.

Être imparfait, dont la bouche interdite
N'a que des sons incompris des humains ,
Triste compagne, ainsi que moi maudite,
Toi qui ne sais parler qu'avec les mains,
Tu n'entends pas ces chants, cette musique,
Ces sons joyeux... Viens, viens sous ce portique.
(Elle s'approche avec Argine et regarde dans l'intérieur
du palais. La musique continue, mais de manière à
ne pas couvrir la voix d'Eponime.)
Vois, vois ces jeux des mortels insensés ;
Vois tous ces pas et ces bonds cadencés ;
Et sous cet or, qui partout étincelle,
Ces tourbillons d'une foule infidèle.
Mes yeux, accoutumés à l'aspect des tombeaux,
A l'éternelle nuit d'une caverne sombre,
Se perdent au milieu de ces objets sans nombre,
Éclairés par mille flambeaux.

La reine préside à la fête,
Autour d'elle je vois un cercle de flatteurs,
Et je distingue sur sa tête
Un vain diadème de fleurs.
O reine! tu verras ta couronne éphémère
Tomber au souffle du destin,
Comme cette guirlande, embaumée et légère,
Qui n'existera plus au retour du matin.
Au milieu de cette allégresse
Que ton cœur ne partage pas,
Ton front pâle et chargé d'une vague tristesse
Semble déjà couvert des voiles du trépas.
Celle qui doit bientôt s'élever à ta place,
Et devant qui toujours ton faible éclat s'efface,
Manque à la fête de ces lieux.
Elle veille dans le silence...
La clarté que je vois briller dans cette tour
M'annonce là-haut sa présence.
Frédégonde! ma fille, objet de mon amour,
Cette clarté, pareille à la comète errante,
Étoile de ton sort, se lève menaçante
Sur l'horizon de cette cour.
Des ombres de l'oubli tu sors resplendissante !
D'invisibles esprits, qui volent à ma voix,
Balancent sur ton front la couronne des rois.
J'aperçois Chilpéric... Que son aspect est sombre !
Le front chargé d'ennuis, triste, l'œil égaré,
Sans songer aux objet dont il est entouré,
Au milieu de la fête il erre comme une ombre.
Les sinistres éclairs qui partent de ses yeux,
Précurseurs de la mort, rendent mon cœur joyeux.
Quel est celui qui vers le roi s'avance,
Autant que lui triste et rêveur?
Du roi des Visigoths est-ce l'ambassadeur ?
Celui dont le vulgaire honore la science,
Et dont il craint la magique puissance?

Il s'approche... Grand Dieu!...N'est-ce point une erreur?
   Esprits puissants, éclaircissez ma vue!
    Serait-ce lui?... celui qui m'a perdue!
Celui qui, m'entraînant au gouffre du malheur,
Me sépara du monde à qui je fais horreur?
Oui, c'est lui... c'est bien lui... Je le sens à ma haine.
Tout prêt à se briser, mon cœur contient à peine
Les transports de fureur dont il est agité.
    Voici le jour que j'ai tant souhaité!
Viens!...J'obtiendrai le prix de ma longue souffrance :
    Je ne mourrai pas sans vengeance!
Il vient de ce côté... Va... cours saisir sa main,
Et pour venir vers moi montre-lui le chemin.
   (*Argine pénètre dans l'intérieur.*)
Souvenirs déchirants, noirs chagrins que j'endure,
De mes jours sans espoir redoublez la torture,
Et ranimez encor, dans mon sein engourdi,
Un courroux que le temps peut avoir refroidi.

SCÈNE II.
ÉGIZAND, ÉPONYME, ARGINE.

ÉGIZAND (*conduit par Argine qui le tient par la main*).
Eh bien! pas un seul mot n'explique ta pensée...
Où donc me conduis-tu? Réponds, fille insensée.

ÉPONYME.
C'est moi qui veux ici te parler.

ÉGIZAND.
      Et pourquoi?
Qui donc est-tu?

ÉPONYME.
Je suis Éponyme.

ÉGIZAND.
      Ah! c'est toi
Qui, dans un antre obscur, près d'Alet retirée,
Fais entendre, dit-on, une voix inspirée...
Que me veux-tu?

ÉPONYME.

Je veux un moment du passé
Te rappeler le cours, que tu crois effacé ;
Je veux, par le remords réveillant ta mémoire,
Te raconter tout bas une effroyable histoire.

ÉGIZAND.

Laisse-moi.

ÉPONYME.

D'Égizand tu prends je crois le nom ;
Mais je sais qu'autrefois tu t'appelais d'Acon.
Tu naquis sur ces bords, d'Agaric fut ton père.
Jeune encore, enfermé dans un saint monastère,
Au tranchant des ciseaux tu livras tes cheveux,
Et, prêtre consacré, le ciel reçut tes vœux.
D'une épouse du Christ la beauté jeune et pure
D'un sacrilége amour remplit ton cœur parjure.
Serpent de cette autre Ève, infernal séducteur,
Vers l'arbre de la mort tu conduisis son cœur.
Ton soufle impur souilla son âme virginale
Et versa dans son sein une ivresse fatale.
Fuyant le monastère et reniant vos vœux,
D'un sacrilége hymen vous serrâtes les nœuds.
Laisse-moi voir ta main... Cet anneau qui te reste,
De cet hymen maudit fut le garant funeste.
Tu le vois, je sais tout... Fruit de ce triste amour,
Un malheureux enfant loin de toi vit le jour.

ÉGIZAND.

Hélas ! comment sais-tu ce funeste mystère ?
Que devint cet enfant ?

ÉPONYME.

Que fis-tu de sa mère ?

ÉGIZAND.

O Dieu ! se pourrait-il ! En effet... oui... je croi
Reconnaître... Ah ! rentrons...

ÉPONYME.

Non, demeure... C'est moi...

C'est moi qu'abandonna ta lâche indifférence
Aux portes de l'enfer, seule, sans espérance.
On découvrit bientôt ma retraite et mon nom;
L'Église me punit. Une affreuse prison .
Me reçut; pour toujours condamnée aux ténèbres,
Dix ans dans ce tombeau sourd à mes cris funèbres,
Ma honte, mes remords, mes transports forcenés
Ont préparé mon âme aux tourments des damnés.
Des vapeurs d'un cachot vivant comme un reptile,
Lasse d'offrir au ciel ma prière inutile,
Mon désespoir farouche invoqua les enfers;
Les démons évoqués vinrent briser mes fers.
Pleine de leur esprit mon œil avec audace
De l'avenir bientôt perça le sombre espace.
Du fond d'un antre obscur, où retentit ma voix,
Mes oracles, au loin, firent trembler les rois.
Mais tu reviens aux lieux marqués pour ma vengeance;
Mon tourment s'adoucit... ton supplice commence...
Eh bien ! quoi! mon aspect glace tes sens d'horreur !
As-tu donc oublié cette amoureuse ardeur,
Ces désirs, ces transports, que mes charmes font naître ?
C'est bien moi... Sous ces traits il faut me reconnaître.
Je viens le front paré de la laideur des morts,
Terrible, affreuse, enfin telle que le remords!...

ÉGIZAND.

Ah ! fuyons... Mais avant, qu'as tu fait de ta fille ?

ÉPONYME.

Après ce long oubli tu n'as plus de famille
Notre fille, pour toi du moins, n'existe pas.
Elle vit, mais jamais tu ne la connaîtras...
Pour lui mieux dérober sa naissance et son père,
Sous ces traits odieux je lui cache sa mère.
Depuis que je suis libre, en tout lieux je la suis,
J'éclaire son esprit, je la guide, l'instruis;
Et les démons soumis à ma voix redoutable,
Préparant sa grandeur et sa fortune stable.

Et sais-tu quel sera le prix de mes bienfaits ?
Elle me vengera de celui que je hais ;
De celui qui livra sans appui, sans défense,
Aux horreurs du besoin sa malheureuse enfance,
Et qui l'abandonna pour la laisser mourir,
Sur ce sein desséché qui ne put la nourrir.

ÉGIZAND.

Oh ! Dieu ! je la connais... Je sais tout... Frédégonde
Te visite souvent dans ta grotte profonde ;
Tu prédis sa grandeur et le malheur prochain
Qui doit faire passer le sceptre dans sa main.
Aux soins d'un pâtre obscur son enfance livrée,
D'elle-même, dit-on, sa naissance ignorée,
Et plus que tout son port, son regard et ses traits,
M'apprennent maintenant tout ce que j'ignorais.
Frédégonde est ma fille... Oui, mon cœur me révèle...

ÉPONYME.

Ma vengeance bientôt t'apprendra si c'est elle.

ÉGIZAND.

Quel doute ! Quelle horreur !... Laisse moi fuir... mes sens
Ne peuvent résister à ce que je ressens! (*Il sort.*)

SCÈNE III.

ÉPONYME, ARGINE.

ÉPONYME.

Viens, partons... Chilpéric ici porte ses pas...
Chilpéric... aussi toi... que ton sort s'accomplisse,
Tu luttes vainement... tu n'éluderas pas
    L'oracle de la pythonisse.
    (*Elles s'éloignent pendant que Chilpéric entre.*)

SCÈNE IV.

CHILPÉRIC (*seul*).

C'est elle... je l'entends... je reconnais sa voix.
Me voici... que veux-tu ? Parle encore une fois.

Mais elle a disparu... Que vient-elle me dire ?
Et quel malheur prochain dans mon palais l'attire ?

SCÈNE V.

CHILPÉRIC, LANDRY.

CHILPÉRIC.

Tu m'as bien entendu ? vas sans perdre de temps,
Et dans ce lieu Landry dis-lui que je l'attends.

(*Landry sort.*)

SCÈNE VI.

CHILPÉRIC (*seul*).

Oui, pour croire qu'ainsi Frédégonde abandonne
Ma faveur, mon amour, l'espoir d'une couronne,
J'ai besoin de la voir et de lire en ses yeux
Que c'est bien sans regret qu'elle quitte ces lieux.
Prêt à m'en séparer, du feu qui me dévore,
L'indomptable fureur semble s'accroître encore.
Privé de sa présence, ah ! qui peut deviner
Jusqu'où mes noirs ennuis me pourraient entraîner !
Les regrets, les soupçons, l'affreuse jalousie,
Dans un supplice lent consumeraient ma vie.
Que faire ? cent projets, tour à tour rejetés,
Entraînent tour à tour mes esprits agités.

(*Le bruit de la musique devient plus fort.*)

Que de ces instruments l'allégresse bruyante
Retentit tristement dans mon âme souffrante...
Éloignons-nous encore.

SCÈNE VII.

CHILPÉRIC, GALSUINDE, OSTRALIDE, QUELQUES DAMES DE LA SUITE DE LA REINE.

GALSUINDE.

Ah ! seigneur, vous voici.
Pardonnez-moi... J'ai vu votre front obscurci

3*

D'un ennui douloureux porter la triste empreinte ;
Vous paraissiez souffrant... Ah ! dissipez ma crainte.

CHILPÉRIC.

Je souffrais en effet ; cet air lourd et brûlant,
Le flot de cette foule autour de moi roulant,
M'ont forcé de sortir, pour venir solitaire
Respirer de ce lieu la fraîcheur salutaire.

GALSUINDE.

Eh bien ! permettez donc que je puisse, seigneur,
De cet air avec vous respirer la fraîcheur.
Et si vous ressentez quelque peine secrète,
Ne la dérobez pas à mon âme inquiète.

CHILPÉRIC.

C'est prendre trop de soin... Rentrez... n'attirez-pas
Cette foule importune attachée à vos pas.
Allez, et présidez à leur folle allégresse...
Ou plutôt il est temps que ce tumulte cesse.
Je sens qu'il me fatigue et qu'assez dans ces lieux
On a fait retentir ces instruments joyeux.

GALSUINDE.

Oh ciel ! Si j'avais su que ce bruit vous offense !

CHILPÉRIC.

N'est-ce pas l'heure, enfin, du repos, du silence ?

GALSUINDE.

Hélas ! par quelle faute ai-je donc mérité
Cet avertissement plein de sévérité ?

CHILPÉRIC.

Ne puis-je, sans paraître un tyran trop sévère,
Réclamer le repos à l'homme nécessaire ?
Le pauvre peut du moins, libre dans son ennui,
Souffrir, sonder son cœur, sans voir, autour de lui,
Ce peuple d'importuns qui sur mes pas s'agite.
La solitude aux rois serait-elle interdite ?

GALSUINDE.

Ah! seigneur, que tantôt j'ai trouvé près de vous
Un accueil plus aimable et des discours plus doux!
Qui donc a pu changer...

CHILPÉRIC *(avec plus de douceur).*

Je suis toujours le même.
Ne vous affligez pas, Galsuinde, je vous aime...
Mais je veux être seul; qu'on se retire... Allez.

GALSUINDE.

Je m'éloigne, seigneur, puisque vous le voulez.
(A Ostralide en s'éloignant.)
Ostralide... Ah! cachons la douleur qui m'oppresse.

SCÈNE VIII.

CHILPÉRIC, LANDRY.

LANDRY.

Elle vient.

CHILPÉRIC.

Bien, Landry... *(A part.)* Mais que vais-je lui dire?
Sur ce trop faible cœur cachons-lui son empire.
(Haut) Elle va donc venir?

LANDRY.

Elle a dit qu'à vos lois
Elle allait obéir pour la dernière fois.

CHILPÉRIC. *(A part.)*

Pour la dernière fois!... Pense-t-elle... Ah! qu'importe!
Je ne sais quel espoir me trouble, me transporte.
(Haut à Landry.)
La voici... Laisse-nous.

LANDRY *(à part, en s'éloignant).*

Mon poignard, malgré moi,
S'élance, je le sens, vers le cœur de ce roi.
Qu'au front de Frédégonde il place une couronne,
Et nous verrons après ce que l'amour ordonne.

SCÈNE IX.

CHILPÉRIC, FRÉDÉGONDE.

FRÉDÉGONDE.

C'est vous, seigneur... Pourquoi m'appeler en ces lieux ?
Qui peut vous inspirer ce soin mystérieux ?
Qu'avons-nous à cacher, à démêler ensemble :
Moi proscrite et vous roi, quel motif nous rassemble ?
On m'a porté tantôt vos ordres absolus.
Vous m'exilez, je pars... Qu'exigez-vous de plus ?

CHILPÉRIC.

Cet exil n'a donc rien qui vous puisse déplaire ?

FRÉDÉGONDE.

C'est un point sur lequel j'ai le droit de me taire.

CHILPÉRIC.

Et vous ne daignez pas demander seulement,
Quels motifs m'ont dicté votre bannissement ?

FRÉDÉGONDE.

Eh quoi ! ne sais-je pas combien doit être juste,
Un arrêt qu'a rendu votre sagesse auguste.

CHILPÉRIC.

Si j'avais été juste, au lieu d'être clément,
Vous auriez à subir un autre châtiment.

FRÉDÉGONDE.

Puisque votre rigueur pour moi s'est adoucie,
Loin de me plaindre il faut que je vous remercie.

CHILPÉRIC.

C'est fort bien... Tout est dit, et demain vous partez
Sans donner un regret à ceux que vous quittez.
Cette soumission est pleine d'insolence...

FRÉDÉGONDE.

Quoi ! ma soumission vous paraît une offense !
Qu'exigez-vous de moi !

CHILPÉRIC.

　　　　　Je n'en sais rien... Je veux

T'enchaîner avec moi dans de terribles nœuds.
Te faire de mon cœur expier le supplice...
Te rendre malheureuse, au gré de mon caprice.
Je t'aimerai toujours... c'est mon sort... je le sens ;
J'ai fait pour m'affranchir des efforts impuissants.
Je reste enveloppé de tes chaînes impures ;
Eh bien ! reste avec moi, souffre de mes tortures.
Éprise d'un rival, tu croyais me tromper,
A mes terribles mains tu croyais échapper...

FRÉDÉGONDE.

Je suis libre, et ce cœur, qu'aucun lien n'engage,
En disposant de soi ne vous fait point outrage.
Je suis libre, seigneur, et tout l'amour d'un roi,
S'il ne me fait pas reine est au-dessous de moi.
Vous oubliez déjà que vous m'avez trahie,
Que je ne vous dois rien, qu'un autre hymen vous lie,
Et que Galsuinde seule a droit à votre amour.
Vers le passé pour nous il n'est plus de retour.
N'égarez pas ainsi l'ardeur qui vous anime ;
Reportez vos désirs vers un but légitime
Et goûtez, désormais, plus sage et plus heureux,
Le bonheur qui s'attache aux penchants vertueux.

CHILPÉRIC.

Dieu puissant ! et c'est toi qui me tiens ce langage !
Au respect de l'hymen Frédégonde m'engage !
Tu parles de devoir, de vertu... Le passé
N'est-il qu'un ombre vaine et qu'un songe effacé ?
Ai-je rêvé ces noms : Théobald, Audovère ?
Ai-je rêvé, dis-moi, le meurtre, l'adultère ?...
S'il est ainsi, chassons tous ces songes affreux ;
N'ayons plus de remords et soyons vertueux.
Mais si de ces malheurs l'existence est certaine,
Si dans des nœuds de fer le passé nous enchaîne,
Comment puis-je te croire, et de quel front viens-tu
Après tant de forfaits me parler de vertu ?...

FRÉDÉGONDE.

Quels que soient ces forfaits, dont ta bouche m'accuse,
Est-ce donc près de toi qu'ils ont besoin d'excuse?
Ils t'appartiennent tous : ton souffle corrupteur
Quand j'étais pure encore empoisonna mon cœur.
Mon crime fut d'aimer... Grâce à ton inconstance,
La vertu me revient avec l'indifférence.

CHILPÉRIC.

Tu veux donc me quitter... Tu veux partir...

FRÉDÉGONDE.

                                        Sans doute.

Ne m'as tu pas trahie et repoussée?

CHILPÉRIC.

                                        Écoute :
Renonçons à la feinte, à tout déguisement.
Nous nous connaissons trop pour nous tromper.

FRÉDÉGONDE.

                                        Comment?

CHILPÉRIC.

On dit que tu te rends près de Gontran mon frère.
Qu'espère-tu de lui? Réponds-moi, sois sincère.

FRÉDÉGONDE.

Déjà, depuis longtemps, il m'a fait assurer,
Qu'allant auprès de lui je puis tout espérer;
Et je suis sûre, au moins, quand votre ordre m'exile,
De trouver près de lui un généreux asile.

CHILPÉRIC.

Ah! peux-tu souhaiter l'amour d'un autre roi?
Quel autre te pourrait chérir autant que moi?
Qui t'a, par ses bontés, ses fureurs, sa faiblesse,
Par ses crimes surtout, mieux prouvé sa tendresse?
Dis, quel autre, témoin de tes noirs attentats,
Et connaissant ton cœur ne te haïrait pas?
Moi seul je puis t'aimer... Tu connais cette flame,
Cette rage d'amour qui dévore mon âme.

Qui me rend insensé, qui me rendit heureux,
Quand sa coupable ardeur nous embrasa tous deux.
N'en as-tu pas pitié?... Dans ton âme cruelle
N'as-tu pas de ce feu gardé quelque étincelle?...

FRÉDÉGONDE.

Que t'importe!

CHILPÉRIC.

Pour moi c'est la vie ou la mort.
Oh! Dieu, si tu m'aimais!...

FRÉDÉGONDE.

Conviens que j'aurais tort.

CHILPÉRIC.

Oh! non... ne le crois pas; mes soins, ma complaisance
Te feraient oublier ma faute et ton offense.

FRÉDÉGONDE.

Eh bien! que ferais-tu, si ce cœur insensé,
Ivre du souvenir de son bonheur passé,
Et cachant à tes yeux ce feu qui le dévore,
Brûlait secrètement de se donner encore?...

CHILPÉRIC.

Quels transports de mes sens se viennent emparer!
Reste!... Rien désormais ne peut nous séparer.
Aimons-nous! Sur mon cœur reprends tout ton empire;
Ni raison, ni remords, rien ne le peut détruire.
Nous nous sommes unis par un nœud criminel,
Et Dieu pour le punir veut le rendre éternel.
C'est là notre bonheur... c'est là notre supplice...
De tous les autres biens faisons le sacrifice,
Aimons-nous! Je t'adore et mon âme est à toi!
Vois ce que tu m'as fait... l'ombre à peine d'un roi,
Un criminel craintif, qui va mêlant sans cesse,
Les crimes aux remords, les remords à l'ivresse...
Je te dois mes malheurs ainsi que mes forfaits;
Tâche au moins d'adoucir les maux que tu m'as faits
Aimons-nous! puisqu'enfin notre perte jurée.

Nous voue à des tourments d'éternelle durée ;
Ou si notre âme un jour avec nous doit finir,
Énivrés du présent, délions l'avenir,
Et vivons affranchis des terreurs du vulgaire !

FRÉDÉGONDE.

Es-tu bien décidé?

CHILPÉRIC.

Parle que faut-il faire?

FRÉDÉGONDE.

Te sens-tu prêt à tout?

CHILPÉRIC.

Tu me remplis d'effroi !

Mais enfin je suis prêt à tout... Explique-toi :
Faut-il ouvrir encore le cloître d'Audovère?

FRÉDÉGONDE.

Non, non, point de divorce et point de monastère ·
Rends-toi tout à fait libre.

CHILPÉRIC.

Et comment?

FRÉDÉGONDE.

Fais pour moi

Ce que bien jeune encore j'osai faire pour toi.

CHILPÉRIC.

Quoi donc?

FRÉDÉGONDE.

C'est à ton tour de servir ma vengeance !

CHILPÉRIC.

Ces arbres et ces murs nous entendent... Silence !

FRÉDÉGONDE.

Il faut, pour nous unir, passer sur un tombeau,
Et je n'accepterai ta main que sans anneau.
Tu me comprends...

CHILPÉRIC.

Hélas !... suis-je né pour le crime?

Et faut-il que mes pas retournent vers l'abime?

FRÉDÉGONDE.

L'abîme du bonheur !

CHILPÉRIC.

Oui, seule tiens moi lieu
Du ciel repudié, de mon espoir en Dieu !
Sois donc, sois tout pour moi !...

FRÉDÉGONDE.

Comme toi pour moi-même !

CHILPÉRIC.

Je suis épouvanté de voir combien je t'aime !
Je sens frémir mon cœur et trembler mes genoux.
On pourrait nous surprendre ici... retirons-nous.

FIN DU TROISIÈME ACTE.

ACTE IV.

SCÈNE I.

CHILPÉRIC (seul).

De mes désirs changeants je ne suis plus le maître ;
Une force inconnue ébranle tout mon être.
Pouvais-je résister quand d'un air caressant
Elle appuyait sur moi son bras éblouissant?
Quand sur son cou, brillant d'une neige si pure,
Mon œil voyait de près flotter sa chevelure?
Que le son de sa voix, que son souffle enchanté
Versaient dans tous mes sens l'ardente volupté!
Que, tremblant, j'étais prêt à ressaisir encore,
Ce bonheur écoulé dont la soif me dévore!
Ne m'épouvantez plus de vos cris menaçants !
Rentrez dans vos tombeaux, fantômes impuissants!
Frédégonde en mon âme a versé son courage :
Évanouissez-vous devant sa fière image.
Eh! que sert mon pouvoir à ma félicité,
Si, dans tous mes désirs, par la crainte arrêté,
Tremblant devant le but que mon cœur se propose,
Je répète toujours : je voudrais mais je n'ose !
Je veux et j'oserai... Trop souvent incertain,
L'homme craint d'accepter les bienfaits du destin;
Il s'arrête et du Dieu, que peut-être il invente,
Le pouvoir inconnu le trouble et l'épouvante.

Combien de vœux, cachés au fond de notre cœur,
Deviendraient tout à coup des crimes, sans la peur !
C'est elle qui souvent nous tient lieu d'innocence :
On appelle vertu ce qui n'est qu'impuissance ;
Mais moi je dis : je me lève et soudain
Le projet de mon âme a passé dans ma main.
Avec la sombre nuit dans ces lieux descendue,
La Mort sur ce palais s'arrête suspendue.
Elle est prête à frapper... elle m'attend... J'y vais.
O nuit ! couvre mes pas de tes voiles épais ;
De peur de m'attendrir, cache-moi ma victime,
Dérobe à tous les yeux, dérobe-moi mon crime !...

SCÈNE II.

CHILPÉRIC, LANDRY.

CHILPÉRIC.

Quel est l'audacieux qui porte ici ses pas ?

LANDRY.

Par votre ordre, seigneur, je reviens.

CHILPÉRIC.

Parle bas.

As-tu dit à Norbert tout ce qu'il devra faire ?

LANDRY.

Oui, tout sera tranquille, obscur et solitaire,
Et vers ce pavillon, s'il entend quelque bruit,
Il en écartera les gardes de la nuit.
Partout le calme règne, et sous ces voûtes sombres,
Les lampes, tour à tour, s'éteignent dans les ombres.

CHILPÉRIC.

(A part.)   (Haut.)   (A part.)
En suis-je là venu... Va-t-en, page... Il est temps...
Je voudrais voir du jour les rayons éclatants...
Comme un juge, attentif à ce que je vais faire,
La nuit semble écouter dans un calme sévère.

Ce silence est terrible... (*Haut.*) Allons, retire-toi,
Et songe à mériter la faveur de ton roi.

(Chilpéric sort.)

SCÈNE III.

LANDRY (*seul*).

Ta faveur!... Cet espoir n'est pas ce qui m'anime ;
Garde pour les cœurs vils le salaire du crime ;
Ce n'est pas à ce prix que tu peux m'engager :
Aux lâches intérêts mon cœur est étranger.
Au-dessus de tes dons, je sers sans récompense ;
Tu n'as pas le secret de mon obéissance...
Pourtant que fais-je ici... Quel pouvoir m'a jeté
Dans ce noir tourbillon où je roule emporté ?
De quel affreux dessein me rend-on le ministre ?
D'où vient au roi ce trouble et ce regard sinistre ?...

SCÈNE IV.

CHILPÉRIC, LANDRY.

CHILPÉRIC (*rentre dans un grand trouble*).
Que fais-tu là ?..... Quelqu'un sur mes pas à marché,
Quelqu'un, pour m'observer, près d'ici s'est caché...
L'as-tu vu ?...

LANDRY.
Qui, seigneur ?
CHILPÉRIC (*après avoir réfléchi et à voix basse*).
Écoute, jeune page,
De bien servir ton roi te sens-tu le courage ?

LANDRY.
De le servir !... Comment ?
CHILPÉRIC.
Oui, déjà dans tes yeux
Je lis d'un noble cœur le zèle ambitieux.
J'ai besoin qu'un sujet fidèle m'affranchisse

D'un joug que je déteste et qui fait mon supplice.
C'est de toi que j'attends ce service.

LANDRY.

       Mon bras
Devant vos ennemis ne reculera pas.
Je suis prêt à combattre, et sans compter le nombre...

CHILPÉRIC.

Il ne faut pas combattre... Il faut frapper, dans l'ombre,
Un ennemi sans arme et plus faible que toi.
Tu le peux sans danger....

LANDRY.

     Ne comptez pas sur moi.

CHILPÉRIC.

Il sait tout... Que la mort le condamne à se taire.
O Dieu ! pardonne-moi ce meurtre involontaire.

(*Il s'avance vers Landry tenant la main sur son poignard.*)

Tu me refuses donc.

LANDRY.

    jamais un noble cœur
D'un monarque à ce prix n'acheta la faveur.

CHILPÉRIC (*d'un ton plus menaçant*).

De ce refus pourtant tes jours peuvent dépendre.

LANDRY.

Votre justice est là, seigneur, pour me défendre.

CHILPÉRIC (*à part*).

Sa tranquille fierté me désarme. (*Haut.*) Il suffit.
Tu peux te retirer... Que ce que je t'ai dit
Ne soit pas répété... Va-t-en, que la prudence
De cette tête altière écarte ma vengeance.

LANDRY (*à part en sortant*).

Son air et ses discours me remplissent d'effroi.

CHILPÉRIC.

Je le vois trop, il faut ne compter que sur moi.

SCÈNE V.

CHILPÉRIC, GALSUINDE.

GALSUINDE.

Seigneur, je viens vers vous...

CHILPÉRIC (*à part*).

Oh! Dieu!

GALSUINDE.

Je vous implore :

Frédégonde en ces lieux ose paraître encore,
Et vous le permettez.

CHILPÉRIC (*brusquement*).

Oui ; bien plus, je le veux.

GALSUINDE (*avec consternation*).

Vous le voulez!

CHILPÉRIC (*à part*).

Personne ici...

GALSUINDE.

Que dites-vous?

CHILPÉRIC (*à part*).

C'est le sort qui l'amène au-devant de mes coups...
Et cette porte... (*Il va fermer la porte.*)

GALSUINDE (*lui prenant la main*).

Hélas !

CHILPÉRIC.

Laissez-moi.

GALSUINDE.

Je vous laisse ;

Mon cœur ne soutient plus la douleur qui l'oppresse.
Mon sort est décidé, je le sens, et je dois
M'expliquer avec vous pour la dernière fois.

CHILPÉRIC.

Que prétendez-vous donc?

GLASUINDE.

Subir mon infortune.

Pour la dernière fois me montrer importune :

Vous demander enfin, pour unique faveur,
A porter loin de vous ma honte et mon malheur.

CHILPÉRIC (*à part*).

Elle veut me quitter... Quelle est donc sa pensée?

GALSUINDE.

Reine sans diadème, épouse délaissée,
Que puis-je faire ici? Seigneur, séparons-nous;
Mon père me réclame et je n'ai plus d'époux.
Souffrez que loin de vous et loin de la Neustrie
J'aille cacher mes pleurs au sein de ma patrie.
Tous les trésors reçus de mon père et de moi,
Gardez-les, et de plus reprenez votre foi...
J'attends que, d'un seul mot, votre bouche autorise
La résolution que ma douleur a prise,
Et je pars dès demain.

CHILPÉRIC (*à part*).

Quel bonheur! je serais
Libre, libre, innocent, et je la sauverais!

GALSUINDE.

Je partirai demain... Je comprends ce silence.
Soyez libre, soyez heureux de mon absence.

CHILPÉRIC.

Non... il serait trop tard... le temps presse... Écoutez:
N'attendez pas le jour... dès cette nuit partez...
Ne nous revoyons plus. (*A part.*) Je sauverai sa vie.
(*Haut.*) Partez, oui, j'y consens. Oui, je vous en supplie!

GALSUINDE.

Vous le voulez... Eh bien! recevez mes adieux.
Seigneur, c'en est donc fait, j'irai loin de ces lieux
Pleurer... mourir... Je sens... Mes forces m'abandonnent.
Et déjà de la mort les ombres m'environnent.

(*Elle est prête à tomber; Chilpéric la soutient*).

CHILPÉRIC.

O ciel!... Et de ses jours j'éteindrais le flambeau!

GALSUINDE (*reprenant ses sens*).

Où suis-je?... Il me semblait approcher du tombeau.

Je sentais sur mes yeux tomber l'ombre éternelle.
Mais je vis; mais je vois cette clarté cruelle
Qui vient montrer encore, à mon cœur éperdu,
Ce palais, mon époux, tout ce que j'ai perdu.
Je vous ai fait pitié... Pardonnez; ma présence
Ne vous causera plus même cette souffrance.
Adieu, seigneur... Pourquoi retenez-vous mes pas?

CHILPÉRIC.

Où vas-tu? Reste encor, ne m'abandonne pas ;
Par toi le repentir dans mon cœur peut éclore ;
Dans le son de ta voix le ciel me parle encore.
Au démon qui me tient je voudrais m'arracher ;
Dans ton sein chaste et pur je voudrais me cacher.

GALSUINDE.

Hélas ! vous vous jouez d'une épouse fidèle.

CHILPÉRIC.

Non, non... ne le le crois pas; ma fureur criminelle
Ne saurait se jouer des maux qu'elle te fait.
Non... Je puis me porter à quelque grand forfait;
Mais t'outrager... jamais. Tout mon cœur te révère,
Tu ne saurais comprendre à quel point tu m'es chère,
A quel point je me hais de n'être pas pour toi
Un époux vertueux, digne en tout de ta foi.

GALSUINDE.

S'il est vrai, tes regrets allégent ma souffrance,
Et mon malheur encor n'est pas sans espérance.

CHILPÉRIC.

Si tu me connaissais tu n'aurais plus d'espoir.

GALSUINDE.

Hélas! pourquoi, mon Dieu?

CHILPÉRIC.

                    Tu ne peux concevoir
A quel point ton époux est devenu coupable.
Maudis-moi! J'ai promis un crime abominable.

GALSUINDE.

Qu'as-tu promis?...

CHILPÉRIC.

Ta mort... Je suis à tes genoux,
Ton regard peut du ciel désarmer le courroux.
Ange, préserve-moi !

GALSUINDE.

Dieu !

CHILPÉRIC.

Tu vois mon délire !
Veux-tu rester après ce que je viens de dire ?
Tu dois me détester, je dois te faire horreur...

GALSUINDE.

Hélas ! je suis à toi... Je t'ai donné mon cœur.
Si tu veux mon trépas, cher époux, je suis prête :
Docile, avec amour je vais courber la tête.
Jusqu'au dernier moment je te veux obéir ;
Tu pourras me frapper, mais non pas me haïr.

CHILPÈRIC.

Oh ! je ne hais que moi... Je t'aime encore... je t'aime !
Et pourtant je ne puis répondre de moi-même.
Va-t'en, tu ne saurais vivre en ces lieux impurs ;
Hâte-toi... fuis bien loin ; l'enfer est dans ces murs.
Ravis à mes fureurs l'occasion du crime ;
Malgré tous mes remords tu serais ma victime.
Je le sens, j'en frémis, j'en pleure ; mais mon sein
Est encor tourmenté d'un horrible dessein.
Quitte-moi...

SCÈNE VI.

CHILPÉRIC, GALSUINDE, ÉGIZAND.

CHILPÉRIC (à Égizand).

Vous voici. Secourez votre reine ;
Elle part. A Tolède il faut qu'on la ramène.
N'attendez pas le jour... Protégés par la nuit,
Tous deux de ce palais échappez-vous sans bruit.

ÉGIZAND.

Quoi ! seigneur...

4

CHILPÉRIC.

Sauvez-là... Partez sans plus attendre ;
Il y va de ses jours... Je ne puis la défendre.
(A Galsuinde).
Adieu ! Tu vois mes pleurs et mes tourments affreux.
Je suis bien criminel... Je suis plus malheureux !
(Galsuinde reste consternée et ne répond pas ; Égizand
  la prend par le bras et l'entraîne).

ÉGIZAND.

Hâtons-nous... Suivez-moi.

SCÈNE VII.

CHILPÉRIC (seul).

Providence éternelle,
C'est toi qui fais tomber de ma main criminelle
Le fer qui d'une épouse allait trancher les jours.
O Dieu ! je suis sauvé ! tu viens à mon secours.
De ce sang qui déjà coulait dans ma pensée,
Par ta bonté, mon Dieu, la trace est effacée.
Exempt du meurtre affreux que je viens d'éviter,
De tout autre forfait je puis me racheter.

SCÈNE VIII.

CHILPÉRIC, FRÉDÉGONDE.

FRÉDÉGONDE (à part).

Le voici revenu. Qu'a-t-il fait... J'ose à peine
Regarder son poignard pour voir si je suis reine.

CHILPÉRIC.

Ah ciel !...

FRÉDÉGONDE (à part.)

Est-ce le cri du remords gémissant ?
Je ne sais que penser... je ne vois point de sang...
Ah ! c'en est trop ! Sortons du doute qui m'oppresse.

CHILPÉRIC.

C'est toi... Que me veux-tu ?

FRÉDÉGONDE.

> Pourquoi cette tristesse?

Pourquoi détournes-tu ton regard soucieux?
Me voici... Quel objet cherchent ailleurs tes yeux?
N'as-tu rien fait pour moi? n'as-tu rien à me dire?
Ne m'as-tu pas promis ta foi, ta main, l'empire?...
Réponds? M'as-tu tenu ta parole de roi?
Te puis-je dire enfin Frédégonde est à toi?
Tu soupires. Eh quoi! pleures-tu ta victime?
Regarde-moi, sois fier, sois heureux de ton crime;
Plus il est grand et plus il prouve ton amour,
Et plus mon cœur aussi te promet de retour.
Qu'attends-tu donc?... Dis-moi qu'elle a cessé de vivre.

CHILPÉRIC.

Ah! de tes cris de mort cesse de me poursuivre.
Elle vit.

FRÉDÉGONDE.

> Ton amour m'a promis son trépas.

Mon cœur est à ce prix.

CHILPÉRIC.

> Elle ne mourra pas.

FRÉDÉGONDE.

Que s'est-il donc passé? Quel changement funeste!
(*A Chilpéric qui s'éloigne et qu'elle cherche à retenir*).
Où vas-tu?

CHILPÉRIC.

> Laisse-moi.

FRÉDÉGONDE.

> Je suis tes pas.

CHILPÉRIC.

> Non, reste.

Reste... ou, par le tombeau de saint Martin-de-Tours,
Je jure que ce fer va terminer tes jours.
  " (*Chilpéric sort. Landry entre presque aussitôt*).

SCÈNE IX.

FRÉDÉGONDE, LANDRY.

FRÉDÉGONDE.

Landry !

LANDRY.

Hors de ces lieux le roi se précipite...
Que s'est-il donc passé? Quel trouble affreux l'agite? .
Tout à l'heure il voulait, méditant le trépas,
Par un assassinat armer mon faible bras.

FRÉDÉGONDE.

Le lâche !

LANDRY.

Il ne m'a pas désigné la victime.
Mais sans péril, dans l'ombre, il veut que je l'opprime;
J'ai refusé.

FRÉDÉGONDE.

C'est bien... Mais si j'avais, Landry,
Donné cet ordre-là, tu m'aurais obéi,
N'est-ce pas?...

LANDRY (tirant son poignard.)

Ah! parlez... Pour vous prouver mon zèle
Faut-il avec ce fer percer ce cœur fidèle ?
Voulez-vous qu'à vos pieds je verse tout mon sang?
Satisfait de mourir en vous obéissant.
Ou n'est-ce pas assez de vous donner ma vie ,
Faut-il tenter pour vous quelque entreprise impie?
Frapper un ennemi jusqu'au pied des autels,
Et dévouer mon âme aux tourments éternels?
Commandez... J'obéis à votre ordre suprême.
Dites qui doit mourir... Fût-ce le roi lui-même,
Mes coups jusqu'à son cœur sont certains d'arriver;
On pourra me punir, mais non pas le sauver.

FRÉDÉGONDE.

Landry!... je suis contente et fière de mon page.
Noble enfant!

LANDRY.

C'est de vous que me vient ce courage.

FRÉDÉGONDE.

De moi...

LANDRY.

Dans vos regards j'en ai puisé le feu :
Vous êtes à la fois et ma reine et mon Dieu !
J'adore tout en vous, oui, tout, même le crime ;
Si vous le commandez, c'est un devoir sublime.
Esclave, je ne vis qu'afin de vous servir,
Et si ma mort vous sert, je brûle de mourir !

FRÉDÉGONDE.

Que tu mérites bien d'être aimé.

LANDRY.

Dieu !

FRÉDÉGONDE.

Silence !

Sois patient, discret... Attends ta récompense.
Dès ce jour, cher Landry, si j'échappe à la mort,
Je t'attache à mon cœur, je te lie à mon sort.
Dans sa mâle fierté mon âme solitaire
Ne connaît point d'amis, de parents sur la terre ;
Tu m'intéresses seul... je ne trouve qu'en toi
Je ne sais quel reflet du feu qui brûle en moi.
Si ce faible monarque égalait ton audace,
Sur le trône à présent j'occuperais ma place.
Mais il hésite encor... Dans son cœur incertain
La terreur et l'amour balancent mon destin.
Tu trembles...

LANDRY.

Ah ! je comprends qui doit périr... C'est elle,
C'est la reine...

FRÉDÉGONDE.

Eh bien ! quoi... ton dévoûment chancelle.

LANDRY.

Il ne chancelle pas... Mais la pitié... l'horreur...

FRÉDÉGONDE.

Étouffe, cher Landry, la pitié dans ton cœur,
Et surtout ne crains pas, ô mon généreux page,

4*

Que je charge ton bras de ce funeste ouvrage;
Accompli par tes soins il serait imparfait...
Il faut la main d'un roi pour un si grand forfait.
Lui seul peut immoler une telle victime;
Agir, frapper pour lui c'est usurper son crime,
C'est l'affranchir du frein qui doit le retenir,
Et laisser dans sa main le droit de nous punir.
Libre de ce forfait il serait indomptable;
Pour rester sous mon joug il faut qu'il soit coupable;
Il faut que, le passé le remplissant d'effroi,
Pour vaincre ses remords il ait besoin de moi.
Je tiendrai sous mes pieds sa justice enchaînée
Quand d'une main sanglante il m'aura couronnée.

SCÈNE X.

FRÉDÉGONDE, LANDRY, ARGINE.
(Argine remet un écrit à Frédégonde et sort aussitôt).

FRÉDÉGONDE.

Un écrit d'Eponyme. En ce pressant danger
Ses conseils, je le vois, viennent me diriger.
(Elle s'éloigne de Landry et lit à part.)
« Du perfide Égizand l'influence fatale
» Menace ta fortune et défend ta rivale;
» Tant qu'il vit, tes desseins ne s'accompliront pas;
» Pour vivre et pour régner il te faut son trépas. »
En effet, j'y songeais aussi... De sa présence,
Dès le premier instant j'ai senti l'influence.
J'ai vu par ses conseils mon exil prononcé,
Et je vois près du but mon projet traversé.
Délivrons-nous de lui. *(A Landry)* Tu connais ce ministre,
Ce vieillard espagnol, cet homme au front sinistre?
Il trame, contre moi, des complots ténébreux,
Et de mes ennemis est le plus dangereux.
A tout ce qui se passe en secret il préside :
De ma rivale il est le protecteur, le guide;
Son magique pouvoir le rend maître du roi,
Enfin, il faut qu'il meure et je compte sur toi.

LANDRY.

Vos ordres sont sacrés.

FRÉDÉGONDE.

Dans son obscur asile,
De ma part, sur le champ, va trouver la sybille.
Rends-lui compte de tout. Dis-lui que ses avis,
Que ses ordres seront fidèlement suivis ;
Que ton bras m'appartient... Surtout qu'elle te dise
En quel lieu tu pourras, et par quelle surprise,
Accabler l'ennemi qui menace mes jours.
Conte-lui, cher Landry, les dangers que je cours,
Chilpéric incertain, ma rivale et ses larmes :
Mais dis-lui, qu'intrépide au sein de tant d'alarmes,
Et vers le but marqué toujours portant mes pas,
Je sais donner la mort et ne la craindre pas.

LANDRY.

Comme vous je me sens terrible, inexorable.
Oui, plus mon dévoûment va me rendre coupable,
Plus il me rendra fier !

FRÉDÉGONDE.

Va donc !... qui peut savoir
Quel sera notre sort, si je dois te revoir !...

(Détachant une chaîne de son cou).

Pour toi mon cœur frémit... Adieu ! prends cette chaîne.
Garde-la si je meurs... et si je deviens reine,
Que ce gage sacré nous rappelle à la fois
Ce que tu m'as promis et ce que je te dois.

LANDRY (embrassant la chaîne).

O gage précieux ! ô danger plein de charmes !

FRÉDÉGONDE.

Va-t'en ! mes yeux troublés se remplissent de larmes.
Ne suis-je plus moi-même et qui peut m'attendrir ?
Va, Landry, nous avons un trône à conquérir.

FIN DU QUATRIÈME ACTE.

ACTE V.

Il est nuit : le théâtre représente une salle dans l'intérieur du palais.

SCÈNE I.

GALSUINDE (seule, à genoux devant une statue de la
Sainte-Vierge).

Vierge, des malheureux douce consolatrice,
Etendez sur ma tête une main protectrice ;
Intercédez aux cieux pour une reine en pleurs.
Et rendez mon courage égal à mes malheurs.

SCÈNE II.

GALSUINDE, EGIZAND.

ÉGIZAND.

Edgard est sous ces murs et votre escorte est prête ;
Il est temps de partir... Eh bien ! qui vous arrête ?
Venez...

GALSUINDE.

A fuir ainsi je ne puis consentir,
Seigneur, et mon devoir me défend de partir.
Lorsque le ciel aura marqué ma dernière heure,
Ailleurs comme en ces lieux il faudra que je meure ;
Et j'aime mieux ici tomber sans lâcheté,
Ceinte du diadème et dans ma dignité,
Que d'aller, à tout prix sauvant mon existence,
Dans l'opprobre et les pleurs mendier la vengeance.

ÉGIZAND.

Quoi ! les coups du trépas sur vous sont suspendus !
Vous hésitez encor...

GALSUINDE.

Non, je n'hésite plus :
Assise par Dieu même au-dessus de mes frères,
Je ne dois pas descendre à des terreurs vulgaires,
Et, plus que de ma gloire, avare de mon sang,
Me placer par la crainte au-dessous de mon rang.
Je garderai ce rang, et s'il faut que j'en tombe,
Je ne ferai qu'un pas du trône dans la tombe.
Conduite à Chilpéric dans toute la splendeur
Par où peut d'une reine éclater la grandeur,
On ne me verra pas, du trône fugitive,
N'opposer au péril qu'une absence furtive,
Et des lieux où je règne habile à m'échapper,
Livrer la place vide à qui veut l'occuper.

ÉGIZAND.

Reine, vous partagiez cependant mes alarmes...
Vous étiez tout à l'heure à genoux, dans les larmes,
Tremblante, et tout espoir pour vous était perdu...

GALSUINDE.

J'avais perdu courage et Dieu me l'a rendu.
C'est en lui que je mets toute ma confiance,
Et d'un cœur résigné j'attends sa providence.
Où voulez-vous que j'aille? En quel pays mon cœur
Peut-il fuir sa misère et trouver le bonheur?...
Hélas! de mon époux quand l'amour m'est ravie,
Que me servira-t-il de conserver la vie?...
S'il veut ma mort, qu'il vienne ; à ses pieds, à genoux,
Priant encor pour lui je recevrai ses coups.
Malgré ses torts, malgré la douleur qui m'accable,
Je l'aime encor... je l'aime infidèle, coupable,
Farouche, tel enfin qu'il était devant moi,
Il reste mon époux, il est encore mon roi.
Qui peut rompre ces nœuds? Rien, seigneur, et lui-même

Jusque dans ses fureurs il me respecte, il m'aime.
Mes larmes, ses remords peuvent le ramener,
Et j'aime mieux mourir que de l'abandonner.

ÉGIZAND (se mettant à genoux).

Votre père, avec moi, prosterné vous implore.
Fuyez... sauvez vos jours... Si vous tardez encore
Voici votre tombeau... vous n'en sortirez pas ;
Ces lieux sont déjà pleins de la nuit du trépas.

GALSUINDE.

Eh bien donc ! s'il le faut, que mon sort s'accomplisse :
Souffrez que l'on m'immole et non qu'on m'avilisse.
Ma vertu se ranime et son dernier effort
Ressaisit la couronne à l'aspect de la mort.
Si je n'ai pas la force et l'audace en partage,
L'amour et le devoir me donnent du courage.
Adieu ! plus que jamais je prétends m'attacher
Au trône d'où vivante on ne peut m'arracher ! (Elle sort.)

SCÈNE III.

ÉGIZAND (seul).

Ainsi, c'en est donc fait ! ô reine infortunée...
Tous mes efforts sont vains, le ciel t'a condamnée.
Mais non... Je puis encore vous sauver toutes deux,
Toi d'une affreuse mort, elle d'un crime affeux...
Courons à Frédégonde et montrons-lui son père ;
De sa triste naissance écartons le mystère ;
Et, tremblant à ses pieds de tendresse et d'horreur,
Désarmons s'il se peut sa coupable fureur.
Mon désespoir, mes pleurs, le remords qui m'accable,
Porteront la pitié dans son âme indomptable.

SCÈNE IV.

ÉGIZAND, LANDRY, ÉPONYME. (Éponyme reste à la
porte ; Landry s'avance rapidement vers Égisand.)

LANDRY (tirant son épée).

Arrêtez, arrêtez, seigneur, défendez-vous !
Défendez votre vie ou tombez sous mes coups.

ÉGIZAND.

Insensé ! laisse-moi. Ne peux-tu reconnaître
Celui qui de Tolède est venu vers ton maître ?

LANDRY.

Oui je vous reconnais, seigneur... Il faut mourir.

ÉGIZAND.

Pourquoi ?... Que t'ai-je fait ?...

LANDRY.

           Ah ! c'est trop discourir...

(Il porte un coup d'épée à Égizand.)

ÉGIZAND.

O ciel !... je suis frappé... Malheureux... je succombe.
Encore...

LANDRY.

       Il est blessé, suivons ses pas... Il tombe...
Il est mort !... Qu'ai-je fait ? il gémit... Quelle horreur !
Fuyons... Ah ! ma victoire à présent me fait peur.

SCÈNE V.

ÉPONYME, ÉGIZAND.

ÉGIZAND.

O Dieu ! pardonnez-moi. C'en est fait... Frédégonde,
O ma fille ! mon âme abandonne le monde...
Où vais-je ?

ÉPONYME (s'approchant et regardant Égizand.)

         C'est bien lui... Son sang coule, mon cœur
Goûte, après tant de maux, un moment de bonheur.
Quel bonheur !... C'est celui que donne la vengeance...
C'est un plaisir affreux... C'est l'enfer qui commence !

SCÈNE VI.

ÉPONYME, FRÉDÉGONDE, ÉGIZAND.

ÉPONYME (à Frédégonde.)

Il est mort... le voici. Va, poursuis ton chemin,
Sans regarder tes pieds rougis de sang humain ;
Entre le trône et toi je ne vois plus qu'un crime...

Qu'il s'accomplisse encore et qu'il comble l'abîme.
Puisque tu vas régner, que m'importe mon sort?
Ma vie est dès longtemps l'image de la mort,
Et son terme est prochain... Dans la nuit éternelle,
Avec un rire affreux le noir esprit m'appelle;
Mon supplice s'apprête... on élève un bûcher...
Par la main du bourreau je m'y vois attacher.
Le peuple accourt... D'Alet on brûle la sorcière...
Les vents en mugissant dispersent sa poussière...
Sa mémoire est maudite, et nul, dans l'univers,
Ne daigne compatir à tant de maux soufferts !...
Adieu ! J'avais un cœur... je pouvais être heureuse,
Vois ce sang... Maudis-moi, je suis terrible, affreuse !
Pourtant si tu savais ce que je sens pour toi,
Tes yeux s'arrêteraient sur les miens sans effroi,
Et, prenant en pitié l'excès de ma tendresse,
Tu m'abandonnerais cette main que je presse.
Tu ne me connais pas... Je pleure. Adieu ! poursuis...
Sois reine, et pour toujours ignore qui je suis !...

SCÈNE VII.

FRÉDÉGONDE, EGIZAND.

FRÉDÉGONDE.

Sa tendresse pour moi, son dévoûment farouche,
Semblent me dérober un secret qui me touche...

ÉGIZAND.

O ma fille! oh !...

FRÉDÉGONDE.

Prête à quitter son corps,
Son âme encor s'agite avec de longs efforts.

ÉGIZAND.

Ma fille... Frédégonde !...

FRÉDÉGONDE.

Oh ciel ! dans son délire
Il m'appelle sa fille...

ÉGIZAND,

Oh ! ma fille.

FRÉDÉGONDE.

Il expire.

Les sons de cette voix ont fait frémir mon cœur...
Je sens de la pitié mêlée à de l'horreur...
Il m'appelait sa fille... Ah ! je n'ai point de père !
Abandonnée aux champs, inconnue, étrangère,
Jamais de mes parents nul ne m'apprit le nom,
Et je ne connais d'eux rien que leur abandon.
Meurs donc, qui que tu sois ! Terrible, inexorable,
Ma fortune le veut ; c'est elle qui t'accable.
Contre elle et contre moi que pouvaient tes efforts ?
Malheureux ! tu n'es plus ; je n'ai point de remords.
Du crime à la vertu quelle est la différence ?
Quel est ce rien sacré qu'on appelle innocence ?
D'où vient que les méchants triomphent ici-bas ?
Le ciel les punira... Quand ?... après le trépas ?...
Qui le sait ?... Qui revient de ce noir précipice
Où l'on prétend que Dieu nous cache sa justice ?...
Le doute est mon salut... Je crois ce que je vois,
Et tout ce que j'ignore est le néant pour moi...
Chilpéric ne vient pas... Le jour bientôt commence ;
Il pleut ; tout est plongé dans un profond silence..
Ici près, sans défense, elle est seule... elle dort...
Et moi, qu'ai-je besoin de mendier sa mort ?
N'ai-je pas ce poignard ? n'ai-je pas mon courage ?...
Et ce sang que je vois !... Ferai-je moins qu'un page ?...

SCÈNE VIII.

FRÉDÉGONDE, CHILPÉRIC.

FRÉDÉGONDE.

Ah ! viens donc ! il est temps ! elle dort. Hâtons-nous !
Elle est seule ; le sort l'abandonne à tes coups.

5

(Elle conduit Chilpério vers une croisée).
Vois-tu, parmi ces toits de hauteur inégale,
Briller de l'artisan la lampe matinale ?
Le jour ne peut tarder...

CHILPÉRIC.

Quelle nuit, ô mon Dieu !
C'est la nuit des enfers !... Qui m'amène en ce lieu ?
Hélas ! qu'ai-je promis ?... Que veux-tu que je fasse ?...
Pour le sang innocent je te demande grâce.
Que te faut-il de plus ? je te donne ma foi ;
Sa place t'appartient ; sa couronne est à toi ;
En un mot, je t'épouse et je la répudie.

FRÉDÉGONDE.

C'est ne me donner rien que lui laisser la vie.
Tant qu'elle existera, tu peux la rappeler ;
Je sentirais sous moi le trône chanceler.

CHILPÉRIC.

Elle ira dans l'oubli languir comme Audovère.

FRÉDÉGONDE.

Non, dans le fond du cœur je sais qu'elle t'est chère !
C'est là son plus grand crime ; elle doit l'expier,
Et c'est dans le tombeau qu'il la faut oublier.

CHILPÉRIC.

Dieu puissant ! sauvez-moi !... Quelque esprit de l'abîme
A pris ces traits divins pour m'inspirer le crime.

FRÉDÉGONDE.

C'est toi qui dans le sang m'a tracé le chemin !
C'est toi qui, le premier, mis la mort dans ma main !
Le vrai démon, c'est toi ? Va, poursuis sans faiblesse !
Rends-moi meurtre pour meurtre et remplis ta promesse !

CHILPÉRIC.

Eh bien ! je veux cesser de craindre et de souffrir.
Oui, le sang va couler... C'est toi qui va mourir !

FRÉDÉGONDE.

Frappe donc !

CHILPÉRIC.

Je voudrais... je tremble... je t'adore !
Mais je puis te frapper en t'adorant encore ;
Et le feu dévorant que tu mets dans mon sein
Peut tout faire de moi, même ton assassin.
Écrasez-moi, grand Dieu !

FRÉDÉGONDE.

Tu pleures ?

CHILPÉRIC.

C'est de rage
De ne pouvoir briser mon indigne esclavage,
D'être, dans les transports de mon cœur inégal,
Impuissant pour le bien et faible pour le mal.

FRÉDÉGONDE.

Homme et roi, pour l'audace et la fermeté d'âme,
Faut-il te rappeler l'exemple d'une femme ?
Faut-il te rappeler ce que j'ai fait pour toi ?
Dis, Peux-tu seulement y songer sans effroi ?
Théobald m'était cher. Sa jalouse imprudence
Osa de notre amour braver la violence ;
A ton bonheur secret il voulut m'enlever :
Il te fallut sa mort ; rien ne put le sauver.
Me vis-tu, redoutant l'énormité du crime,
Perdre le temps du meurtre à plaindre la victime,
Songer à ses vertus, au bien qu'il m'avait fait,
Et, d'un cœur indécis, mesurer mon forfait ?
Non, l'amour m'inspirait et tout m'était possible.
Plus le crime entrepris était grand et terrible,
Plus, d'un cœur amoureux, j'en embrassai l'horreur.
Oui, je l'aimais, ce crime... Il faisait ton bonheur.
Mais ton amour glacé, que la terreur comprime,
Ne saurait concevoir ce dévoûment sublime.
Tu ne sais pas qu'aimer c'est être généreux
Au point d'immoler tout à l'ardeur de ses feux ;
Qu'il n'est point de forfait, de meurtre, d'acte impie
Que de son feu sacré l'amour ne purifie ?

CHILPÉRIC.

Et ton amour est-il ce qu'il parut alors ?

FRÉDÉGONDE.

Toujours !

CHILPÉRIC.

Quoi ! tu ne sens ni pitié ni remords ?

FRÉDÉGONDE.

Je ne sens que l'espoir que me rend ta tendresse.

CHILPÉRIC.

O Dieu !... Tu me remplis d'épouvante et d'ivresse...
Je ne sais quelle horreur redouble ta beauté...
Être terrible et cher ! démon ! divinité !
Objet de mes désirs ! maîtresse de mon âme !
D'où te vient ce pouvoir, si tu n'es qu'une femme ?

FRÉDÉGONDE.

Eh ! que puis-je en effet, subjugué par la peur ?
Tu n'oses rien pour moi...

CHILPÉRIC.

Mets la main sur mon cœur.
Il ne bat plus d'effroi... L'amour seul le transporte...
Tu vas m'appartenir... Je suis libre... elle est morte !
(Il se précipite dans la chambre de la reine.)

SCÈNE IX.

FRÉDÉGONDE, LANDRY.

(Landry, pâle et l'air égaré, entre rapidement au moment où Chilpéric sort.)

FRÉDÉGONDE.

Ciel !... où vas-tu, Landry ?... Qu'est-ce donc ?...

LANDRY.

Dieu puissant !...

FRÉDÉGONDE.

Où vas-tu ? Qu'as-tu fait ?

LANDRY.

Je suis couvert de sang.

FRÉDÉGONDE.

De quel sang?

LANDRY.

Je vous l'offre, acceptez ces prémices
Qui promettent ici de plus grands sacrifices.
Égizand, ce vieillard, je viens de l'égorger!

FRÉDÉGONDE.

Je le sais, cher Landry! tu viens de me venger,
Tu viens de me sauver... N'entends-tu rien?... écoute!

(Elle s'approche de la porte par laquelle
Chilpéric vient de sortir).

Il est entré... Voici l'instant que je redoute.

LANDRY.

J'ai donné la mort...

FRÉDÉGONDE.

Paix! les entends-tu parler?

LANDRY.

Que m'avait fait celui que je viens d'immoler?...
Que le meurtre est affreux!

FRÉDÉGONDE.

Il fait régner... Silence!...
Je ne les entends plus... Ah! le lâche! il balance!
Entrons!

LANDRY.

J'entends sa voix...

FRÉDÉGONDE.

Il se laisse attendrir!...

Cours la frapper...

LANDRY.

Qui?... moi?... Je veux la secourir,
La sauver!

FRÉDÉGONDE.

Que dis-tu?... Je me soutiens à peine...

LANDRY.

Il frappe, entendez-vous? elle meurt!

FRÉDÉGONDE.

Je suis reine!

Le chemin des grandeurs s'ouvre devant mes pas.
Va, sors, et que le roi ne te rencontre pas.

SCÈNE X.

CHILPÉRIC, FRÉDÉGONDE.

CHILPÉRIC.

Viens voir ce que j'ai fait... Viens juger si je t'aime!
Chilpéric maintenant l'emporte sur toi-même.
Frémis devant ces nœuds que tu viens de briser,
Et comprends les périls où tu vas t'exposer!
Eh bien! acceptes-tu cette main redoutable?

FRÉDÉGONDE.

Donne, je suis à toi!

CHILPÉRIC.

Nuit sombre! heure effroyable!
Meurtre, sang innocent dont j'ai souillé mon bras!
Noires divinités qui conduisiez mes pas!
Je vous atteste ici, sur nos mains enchaînées:
C'est à vous, à vous seuls, d'unir nos destinées.
Viens, je suis ton époux, femme, monstre adoré;
Prodigue-moi l'enfer, que j'en sois enivré!
Viens imprimer le sceau des esprits de l'abîme
Sur ce front tout sanglant où rayonne ton crime!...
Qu'est-ce donc?... Entends-tu ces sourds mugissements?
Les échos des enfers répètent nos serments.

FRÉDÉGONDE.

Non. Du vent dans ces murs la voix seule résonne.

CHILPÉRIC.

Mon courage épuisé maintenant m'abandonne.

FRÉDÉGONDE.

Sortons!...

CHILPÉRIC.

Ne vois-tu pas cette femme?... Pourquoi
Son sourire si doux s'adresse-t-il à moi?...

Son air plein de bonté me glace d'épouvante...
Oh! je la reconnais à sa robe sanglante!...
C'est elle!

FRÉDÉGONDE.

Éloignons-nous!... Viens!

CHILPÉRIC.

Donne-moi la main...
Sortons!... Comment sortir?... elle est sur mon chemin...
Je l'aperçois partout... Viens, ouvrons cette porte.
Oh! ciel! c'est elle encor!... que de sang!... elle est morte!

FRÉDÉGONDE (*à part*).

Quel délire!

CHILPÉRIC.

Ote-moi de cet endroit affreux!...

FRÉDÉGONDE.

On vient...

CHILPÉRIC.

C'est donc ainsi que nous serons heureux!

FIN.

L'INQUISITION

PERSONNAGES :	Noms des Acteurs qui ont joué :
PHILIPPE II.	JOANNY.
DON CARLOS.	BEAUVALET.
Le Duc d'ALBE.	GEFFROY.
ALVAR.	PERRIER.
GUSMAN.	BOUCHOT.
MONTIGNY.	MIRECOUR.
BRÉDÉRODE.	MONTIGNY.
POSA.	MENJAUD.
LÉGAT.	SAMSON.
Le Grand Inquisiteur.	DUMILATRE.
TORMÈS.	GUIAUD.
FÉRIA.	MONTIGNY.
MANSFELD.	CASANEUVE.
St-POL.	
MENDOCE.	
Un Inquisiteur.	
Autre Inquisiteur.	

ÉLISABETH.	Mmes VALMOUZEL.
La Duchesse d'ALBE.	CHARTON.
RACHEL.	Mlles BROCARD.
La Marquise de MONDÉJAR.	St-ANGE.
Marie DE PONS.	Mme THÉNARD.

L'INQUISITION

TRAGÉDIE EN CINQ ACTES

ACTE I.

Il est nuit. Le théâtre représente les jardins du palais de Buen Retiro, à Madrid.
Alvar est couché sur un banc de gazon, Gusman se promène.

SCÈNE I.

ALVAR, GUSMAN.

GUSMAN.

(*L'horloge sonne.*)

Nous perdons notre temps, écoute... une... deux... trois...
L'heure est passée, Alvar... qu'attendons-nous ?... tu vois
Que personne ne vient.

ALVAR (*sans se déranger*).

Ils viendront... patience !

GUSMAN.

S'ils avaient des soupçons ?

ALVAR.

Ils sont sans défiance.

GUSMAN.

Sais-tu que nous jouons un jeu bien dangereux ?

ALVAR.

A ce jeu-là, Gusman, les dangers sont pour eux.

GUSMAN.

Tôt ou tard, cependant, il pourra nous connaître...
Et, quand il règnera, quand il sera le maître,
Qu'il pourra se venger...

ALVAR (*se levant*).

Il ne règnera pas.

Sa folie a creusé l'abîme sous ses pas ;
Il est près d'y tomber : que son sort s'accomplisse !
Et, quand il règnerait, crois-moi, le saint office
Défendrait ses agens. Un roi, sans son aveu,
N'oserait de nos fronts arracher un cheveu.
Sous cet abri sacré nous n'avons rien à craindre.
Le pouvoir temporel ne saurait nous atteindre.
Regarde ce palais, ce séjour révéré,
Ce temple du pouvoir par la force entouré ;
Eh bien, toujours présents dans cette enceinte immense,
Nos fidèles agens surveillent la puissance.
Jusqu'au chevet du maître ils savent se glisser,
Et notent jour par jour ce qu'il ose penser.
Du grand inquisiteur suivons l'ordre suprême ;
Du prince don Carlos et de Philippe même
Ne craignons rien, alors qu'il s'agit de la foi.

GUSMAN.

Le saint office a pu se confier à toi ?
A toi, dissipateur de tes grandes richesses,
Connu par tes excès, tes vices, tes maîtresses,
Ruiné, sans crédit, en tout lieu mal famé !

ALVAR.

Je me suis converti.

GUSMAN.

Mais non pas réformé.
Toujours le même vent fait voguer ta nacelle.

ALVAR.

Le grand inquisiteur, qui connaît bien mon zèle,

Me permet de cacher, sous ces traits vicieux,
La sainte mission que je reçus des cieux.

GUSMAN.

Tu réussis fort bien. C'est une hypocrisie
Que personne avant toi n'avait, je crois, choisie.
Sous ces airs dissolus tu caches le dévot,
Et, peut-être, le saint?

ALVAR.

Cousin, tu n'es qu'un sot.

GUSMAN.

Un sot? oui, tu dis vrai, je commence à le croire;
Le passé tristement revient à ma mémoire:
Le bien que me laissa mon vieux père est vendu.
Hélas! qu'en ai-je fait? c'est toi qui m'a perdu.
C'est toi qui, par l'exemple entraînant ma jeunesse,
De désordre en désordre as conduit ma faiblesse,
Et m'as précipité dans ces affreux complots
Où j'ai perdu l'honneur, la joie et le repos,
Pour gagner lâchement le salaire d'un traître.
Je suis un sot! eh bien, je veux cesser de l'être;
Et je distingue assez où tu conduis mes pas
Pour te dire: va seul, je ne te suivrai pas.
Que l'inquisition par d'autres soit servie!
J'y renonce.

ALVAR.

Il y va, don Gusman, de la vie.
Le saint office est maître absolu de ton sort,
Songes-y! les cachots, la torture, la mort
Assurent ta promesse et ton obéissance.

GUSMAN.

Oh! démon! qu'as-tu fait?

ALVAR.

Tais-toi, quelqu'un s'avance.

GUSMAN.

C'est une femme.

SCÈNE II.

ALVAR, GUSMAN, RACHEL, SARA, *au fond du théâtre.*

RACHEL (*à voix basse*).

Alvar!

ALVAR.

Eh quoi! Rachel, c'est vous?

Qui vous amène ici?

RACHEL.

Je cherche mon époux.

ALVAR.

Que me voulez-vous donc, Rachel? sur ma parole,
Je commence à penser que vous devenez folle.

RACHEL.

Quand je vous épousai je perdis la raison.

ALVAR.

Qui vous fait, dans la nuit, sortir de la maison?

RACHEL.

Et vous-même, seigneur, qui vous fait, à cette heure,
Chercher ce lieu désert et fuir votre demeure?
Quel mystère effrayant, que je ne comprends pas,
Couvre vos actions et s'attache à vos pas?
J'ai trouvé ce billet, et, jusqu'à cette place
Que désignait l'écrit, j'ai suivi votre trace.
Tous deux seuls, en ce lieu, quel motif vous conduit?

ALVAR.

Nous venons contempler les astres de la nuit,
O fille d'Israël!

RACHEL.

Toujours votre langage
Distille l'ironie et l'amer persifflage.
J'ai tout quitté pour vous, et mon père et ma foi;
Mais vous, qu'avez-vous fait jusqu'à présent pour moi?
Hélas! vous rougissez de m'avoir pour compagne.
L'on vous voit à la cour, vous êtes grand d'Espagne.

Et je vis loin de vous, et vous cachez nos nœuds,
Ainsi qu'on cacherait un commerce honteux.
Tout cela doit cesser. Je suis épouse et mère !
Je ne souffrirai plus de détour, de mystère.
Qu'enfin la vérité soit produite au grand jour !

ALVAR.

Tout se découvrira, Rachel, mon cher amour !

RACHEL.

Et quand donc, cher Alvar?

GUSMAN (*bas à Rachel*).

Trop tôt pour vous, madame.

RACHEL.

(*Bas à Gusman.*)   (*Haut à Gusman.*)
Trop tôt pour moi?.... comment? seigneur, je suis sa
[femme.

GUSMAN (*haut*).

Vous, sa femme?

RACHEL.

Ah ! grand Dieu! seigneur, que dites vous ?
Vous l'entendez, Alvar? Je suis à vos genoux !
Souffrirez-vous encore un doute qui m'outrage,
Qui m'avilit? Il faut que notre mariage
Ne soit plus un secret, au moins pour nos amis.
Parlez! que, vous présent, il ne soit pas permis
De me traiter ainsi qu'une vile maîtresse;
Et que, si j'ai déjà perdu votre tendresse,
L'honneur me reste au moins.

ALVAR.

Votre honneur, c'est le mien.
Mais, au train dont il va, je ne réponds de rien.
Jusqu'ici je n'ai vu que des femmes perdues
Sortir ainsi la nuit et courir dans les rues.

RACHEL.

J'ai donc tort? pardonnez à mes soupçons jaloux :
Mon cœur a tant souffert !

ALVAR.

Oui, c'est bon! laissez-nous!

RACHEL.

Vous ne m'en voudrez pas?

ALVAR (*d'un air très préoccupé*).

Non, Rachel, sur mon âme!
Mais partez vite! On vient... j'entends parler...
(*Il va au fond du théâtre.*)

GUSMAN (*bas à Rachel*).

Madame,
Un mot!

RACHEL.

Que voulez-vous?

GUSMAN.

Vous me faites pitié.
Notre malheur commun nous prescrit l'amitié.
Vous êtes, comme moi, sa dupe, sa victime.
Puisqu'un même démon nous traîne vers l'abîme,
Unissons nos efforts pour nous sauver.

RACHEL.

Comment?
Ah! parlez!

GUSMAN.

Ce n'est pas le lieu ni le moment.

RACHEL.

Et quand donc?... Puis-je en vous mettre ma confiance?

GUSMAN.

Je m'expose à périr pour vous.

RACHEL.

Oh Dieu!

GUSMAN.

Silence!
Un soupçon nous perdrait.

SCÈNE III.

ALVAR, GUSMAN, RACHEL, SARA, BRÉDÉRODE,.
MONTIGNY, DE MONS.

*(Gusman et Rachel restent sur le devant du
théâtre, les autres au fond.)*

ALVAR.

Hola! qui vient ici?...

MONTIGNY.

C'est vous, Alvar? salut!

ALVAR.

Ah! c'est vous, Montigny?

Salut, comte de Mons!

GUSMAN *(bas à Rachel)*.

Je sais votre demeure.

RACHEL.

Puis-je vous recevoir?

GUSMAN.

Il le faut!

RACHEL.

A quelle heure?

GUSMAN.

Au coucher du soleil. Vous saurez tout. Partez!

RACHEL.

Viens, Sara. Dieu!... Seigneur, que vous m'épouvantez!

(Rachel et Sara sortent.)

SCÈNE IV.

ALVAR, GUSMAN, MONTIGNY DE MONS, BRÉDÉRODE.

ALVAR *(bas à Gusman)*.

J'avais raison ; tu vois qu'il faut savoir attendre :
Ce sont les députés de Hollande et de Flandre.

(A Montigny.)

C'est don Gusman.

MONTIGNY *(bas à Alvar).*

Je sais... le prince est-il ici ?

ALVAR.

Pas encor, mais il va nous joindre... le voici !

MONTIGNY.

Tout va bien.

ALVAR.

Le marquis de Posa l'accompagne.

MONTIGNY.

C'est le plus noble cœur que possède l'Espagne.

ALVAR *(bas à Gusman).*

C'est un fou.

SCÈNE V.

DON CARLOS, POSA, ALVAR, GUSMAN, MONTIGNY, DE MONS, BRÉDÉRODE.

DON CARLOS.

Bien ! Messieurs... nous sommes ici tous ?
Montigny, Brédérode, et vous de Mons, et vous,
Alvar et don Gusman. Je puis parler sans crainte.
Votre cause, Flamands, me paraît juste et sainte ;
Et je veux la défendre au péril de mes jours.

MONTIGNY.

Nous sommes donc sauvés.

DON CARLOS.

Ma parole est donnée.
J'embrasse de vos droits la cause infortunée.
Mes écrits à d'Egmon sont déjà parvenus,
Et mes vrais sentiments lui sont assez connus.
Mais, pour qu'aux autres chefs ma foi soit garantie,
Je signerai ce soir le traité qui nous lie.

POSA.

Rendez compte aux Flamands des motifs généreux
Qui nous font un devoir de combattre avec eux.

DON CARLOS.

Dites-leur que j'entends le cri de leur misère,
Qu'avant d'être leur roi, je veux être leur père,
Que c'est en les sauvant que je veux mériter
Le souverain pouvoir dont je dois hériter.
Je sais qu'en ce complot mon audace engagée
Sera du monde entier sévèrement jugée :
Fils de Philippe deux, contre lui révolté,
L'apparence du droit reste de son côté;
Mais, dans tout ce dessein, ma conscience est pure,
Et ce juge infaillible en secret me rassure.

BRÉDÉRODE.

L'Espagnol, vainement superbe et dédaigneux,
Appelle nos combats la révolte des gueux;
Nous acceptons ce nom que l'orgueil nous adresse,
Et nous en saurons faire un titre de noblesse.
Le Roi nous a réduits à ce point désormais,
Que nous redoutons moins ses armes que sa paix.

POSA

Le monde entier le sait : sujets longtemps fidèles,
C'est le poids de vos fers qui vous a fait rebelles.

MONTIGNY.

Les bûchers de la foi, par l'Église allumés,
Dévorent chaque jour nos frères désarmés.
Les échafauds sanglants, les gibets, les potences
Du duc d'Albe partout signalent les vengeances;
Et, comme la révolte entretient son pouvoir,
Il sait la ranimer par notre désespoir.

DON CARLOS.

On accorde à la fin, messieurs, à mes instances
L'insultante faveur d'aller voir vos souffrances,
D'aller, prêtant mon nom à d'injustes rigueurs,
Complice du duc d'Albe, avouer ses fureurs;
On prétend m'enchaîner, dans une pompe vaine,
Sous les ordres jaloux de ce fier capitaine,
Qui, de toute entreprise habile à m'éloigner,

Veut me faire paraître indigne de régner ;
On se trompe : il verra ce que peut mon audace.
Il prétend m'abaisser ; je reprendrai ma place,
Et du sang innocent par ses mains répandu
Le traître me rendra le compte qui m'est dû.
Je pars avant huit jours. Quant à vous, plus rapides,
Allez et prévenez nos amis intrépides.
Qu'ils soient prêts ! Du vaisseau qui doit me transporter
Anvers verra bientôt le pavillon flotter.
Que ne puis-je déjà, sur la mer germanique,
Saluer de mes cris la vaillante Belgique,
M'élancer sur son bord, assembler ses soldats,
Et voler à leur tête au milieu des combats !
Oh ! combien je gémis qu'on ait dans la mollesse
Retenu, malgré moi, ma bouillante jeunesse !
En mon sixième lustre, où je suis parvenu,
Mon nom demeure encore à la gloire inconnu.
A cet âge Alexandre avait conquis la terre.

POSA.

Dieu l'avait envoyé, prince, dans sa colère ;
Et l'épée en vos mains ne doit servir jamais
Que contre l'oppresseur, pour le pauvre et la paix.

DON CARLOS.

Sans doute ! un jour la paix, mais d'abord la victoire !

POSA.

Dans la paix seulement je verrai votre gloire.

MONTIGNY (à *Posa*).

Les combats ont pourtant illustré votre nom.

POSA.

Dieu n'avait point alors éclairé ma raison.
Dès que je n'aurai plus votre cause à défendre,
Je veux quitter l'épée et ne plus la reprendre.

MONTIGNY.

C'est tout ce qu'il nous faut, cher marquis ; nous savons
Ce que vous avez fait, ce que nous vous devons.

DON CARLOS.

Séparons-nous pendant qu'ici tout est tranquille ;
Un bruit confus commence à partir de la ville ;
Des cloches de Saint-Jean déjà les sons divers
Éclatent à la fois et remplissent les airs.
A ce soir donc, Messieurs ! on pourrait nous surprendre ;
A l'auberge du Maure ayez soin de vous rendre ;
Sitôt qu'il sera nuit, venez déguisés tous
Sous l'habit convenu.

ALVAR (*se cachant derrière une charmille*).

Tous deux seuls ? cachons-nous !

SCÈNE VI.

DON CARLOS, POSA.

DON CARLOS.

Voilà donc, sans retour, la partie engagée.

POSA.

Toute votre existence à présent est changée.
Vous sortez du néant, et de vos actions
Dépend dès aujourd'hui le sort des nations.
Dieu pour ses grands desseins tout entier vous réclame ;
Soyez donc tout à lui, mon prince ; que votre âme
N'ait plus qu'un seul amour, cet amour généreux
Que doit un roi chrétien aux peuples malheureux.

DON CARLOS.

Ami, je te comprends ; mais, quelques jours encore,
Permets un autre amour... ma faiblesse t'implore.
Que je puisse du moins, prêt à quitter ces lieux,
A la reine un moment adresser mes adieux !
As-tu pu lui parler, cher Posa ? voudra-t-elle
Me recevoir ?

POSA.

J'aurais employé tout mon zèle
A la dissuader du dessein de vous voir ;
Mais d'avance elle était soumise à son devoir.
N'y songez plus.

DON CARLOS.

Voilà comme mon sort la touche!
Ainsi je partirai sans qu'un mot de sa bouche,
Sans qu'un geste, un regard m'annoncent qu'en secret
Elle daigne à mes maux prendre quelque intérêt.

POSA.

Elle implore de vous cette grâce dernière.
Partez sans la revoir, cédez à sa prière;
Des regards attentifs veillent sur vous.

DON CARLOS.

J'ai tort!
Ami, n'en parlons plus... Je voudrais être mort.
Quelquefois, en songeant au dessein téméraire,
Qui vient de nous jeter dans cette grande affaire,
Un noble espoir de gloire, une superbe ardeur
Me font, pour un instant, oublier mon malheur;
Mais, lorsque, plus souvent, ma sombre rêverie
M'offre d'Élisabeth l'image trop chérie,
Quand je songe qu'il faut bientôt m'en éloigner,
Qu'à ne plus la revoir il faut me résigner,
Alors ces grands projets, ces désirs de victoire,
Cette brûlante soif qui m'inspirait la gloire,
Tout s'éteint; je voudrais ne plus quitter ces lieux,
Tenir mes yeux sans cesse attachés sur ses yeux,
Et languir d'un amour dont la stérile flamme
Consumerait sans fruit les forces de mon âme!

POSA.

De l'honneur, du devoir, prince, écoutez la voix.

DON CARLOS.

L'honneur, je le maudis! je déteste ses lois!
Je voudrais du devoir briser le joug sévère,
Je voudrais n'avoir point de maître, point de père,
Je voudrais que, laissant l'homme libre ici-bas,
L'importune vertu pour lui n'existât pas!
Mon père!... le cruel!... mes maux sont son ouvrage

Élisabeth, sans lui, devenait mon partage ;
Son frère y consentait, et, promise à ma foi,
Elle quittait la France, elle venait pour moi ;
Mais Philippe, toujours à tous mes vœux funeste,
Avant moi, par malheur, vit cet objet céleste ;
Il exigea sa main, bien moins d'amour épris,
Qu'heureux de dérober ce trésor à son fils.
Posa, lorsque je vis, dans cette cour austère,
De cet astre si doux paraître la lumière,
Le ciel souvrit pour moi. Dans mon sein, dès ce jour,
Je sentis s'allumer un immortel amour.
Pour elle, au seul aspect de son tyran farouche,
Le sourire quitta les roses de sa bouche,
Et de son noble front l'éclatante pâleur
Aux peuples attendris révéla sa douleur.
Souvent ses longs regards, languissants de tristesse,
Attachés sur les miens, augmentaient mon ivresse.
Toute mon âme alors vers elle s'élançait ;
Malgré moi, par mes yeux, mon cœur se trahissait ;
J'oubliais l'univers, et Philippe, et moi-même.
Que de fois j'ai surpris, malgré mon trouble extrême,
Le sinistre regard qui de ce roi jaloux
Révélait les soupçons déjà fixés sur nous !
Mais que pouvaient, ami, la crainte, la prudence
Sur ce feu que nos cœurs nourrissaient en silence ?
Ne penser, ne sentir, ne respirer qu'amour,
Saisir l'occasion de nous voir chaque jour,
Irrésistiblement entraînés vers l'abîme,
Chaque jour de plus près nous approcher du crime,
Tel était notre sort, ami ; lorsque ta voix
Du devoir oublié m'a rappelé les droits,
M'a retiré du sein des trompeuses délices,
M'a fait voir la vertu dans les grands sacrifices,
Et la gloire et l'honneur, dans ces travaux armés
Qui doivent affranchir les peuples opprimés.
Partons donc, et cherchons dans cette juste guerre

La gloire que tu vois ou la mort que j'espère.
Au cœur d'Élisabeth je veux rendre la paix;
L'absence guérira tous les maux que j'ai faits.
Partons sans la revoir, puisqu'elle le désire;
Ce n'est plus maintenant qu'au départ que j'aspire.
Le pouvoir de Philippe, ici, partout, présent,
Devient, pour ma douleur, un fardeau si pesant
Que je ne le puis plus supporter... Dans mon âme,
D'un amour frénétique il irrite la flamme;
Il m'inspire le crime, il m'y pousse, et je sens
Que ma vertu s'épuise en efforts impuissants.
Ah! quand, sur un navire aux ailes fugitives,
Pourrai-je de l'Espagne abandonner les rives,
Et, n'apercevant plus que le ciel et la mer,
Me sentir libre enfin comme l'aigle dans l'air!
Ne pourrai-je bientôt, dans les champs des Bataves,
Sous la tente des cieux, dormir parmi les braves,
Et, tel qu'un dur soldat, m'éveiller le matin,
Au bruit de la trompette et du canon lointain!
Quand je ne verrai plus ce rivage funeste
Où j'épuise ma vie à soupirer l'inceste,
Mon cœur, pour la vertu, se sentira plus fort.
L'air est ici chargé de miasmes de mort;
Il m'étouffe, j'y meurs!... Témoin de ma misère,
Posa, mon seul ami, sois mon guide, mon père;
Arrache-moi du crime, ôte-moi de ces lieux,
Et relève mon front et mon cœur vers les cieux!

FIN DU PREMIER ACTE.

ACTE II.

Le théâtre représente une salle dans l'intérieur du palais de Buen Retiro.

SCÈNE I.

ÉLISABETH, LA COMTESSE MARIE DE PONS.

ÉLISABETH.

Oui, du Manzanarès je veux aller encore
Parcourir le rivage, au lever de l'aurore.
Que la campagne est belle! et que j'ai trouvé doux
L'air que le vent de France apportait jusqu'à nous!
Mon sang coulait plus vite, et mon âme ravie
Semblait se replonger aux sources de la vie.
Mais ce léger rayon de plaisir s'est enfui,
Et je retrouve ici mes maux et mon ennui.
Il part, il va chercher, vers un lointain rivage,
Des travaux, des dangers dignes de son courage.
Nous n'en parlerons pas, je ne le verrai plus,
Mon cœur renfermera ses regrets superflus;
Tous mes feux n'auront plus d'aliment que ma vie;
Et, quand tu me verras dans la tombe endormie,
Quand l'éternelle nuit pèsera sur mes yeux,
Tu feras vers le ciel monter un chant joyeux...
Mes maux seront finis... Plus d'hymen, plus de chaîne,
Plus de Philippe deux, plus d'amour, plus de haine!

6

MARIE.

Voici bientôt quatre ans que le bandeau des rois
Brille sur votre front; déjà mère deux fois,
Il semble que le temps, les grandeurs, l'habitude
Devraient rendre pour vous le joug d'hymen moins rude.
Si j'étais reine, moi, la tristesse jamais
N'oserait approcher du seuil de mon palais.

ÉLISABETH (*rêveuse, et prenant les mains de Marie*).

Mon âme avec douleur remontant les années,
Se retrouve au moment où, sur les Pyrénées,
A la France quittée adressant mes adieux,
Je vis l'Espagne au loin se montrer à nos yeux.
Hélas! depuis ce jour où mon esprit s'arrête,
Que de funestes jours ont passé sur ma tête!
Et que n'ai-je, étrangère à Philippe, à son fils,
Auprès de mes aïeux pris place à Saint-Denis!

MARIE.

Il semble qu'il suffit de toucher cette terre
Pour se remplir le cœur d'une tristesse austère.
Ah! qu'à la cour de France on vit bien autrement!
Là tout est liberté, plaisir, enchantement,
Amour...

ÉLISABETH.

Oui, parle-moi, parlons de notre France!
Doux pays où mon cœur respirait l'innocence,
Où mes jours s'avançaient, joyeux et pleins d'espoir,
Vers le triste avenir que je n'ai pu prévoir,
Où de mille plaisirs la naïve allégresse
Enivrait, sans remords, ma riante jeunesse!
O France! ô mon pays! je mourrai loin de toi...
Tu pleures?... Prions Dieu qu'il ait pitié de moi.

MARIE.

Je ne veux pas pleurer, et vous, ma noble dame,
Ne pleurez pas non plus... Je donnerais mon âme
A l'esprit tentateur, plutôt que de vous voir
Toujours dans les remords et dans le désespoir,

Grossir, exagérer, à vous-même sévère,
D'un penchant contenu la faute encor légère.
Ce marquis philosophe, avec ses beaux discours,
Est de votre destin venu troubler le cours.
L'amour est à ses yeux un crime impardonnable.
Don Carlos, grâce à lui, se croit un grand coupable.
Qu'a-t-il fait cependant ? Pour le dire entre nous,
Ces graves Espagnols sont tous de tristes fous ;
Et, depuis le bourgeois jusques au rang suprême,
Je n'en connais pas un qui mérite qu'on l'aime.
Non, pas un seul ! Voyez ce grand prince amoureux :
Plus il se croit aimé, plus il est malheureux ;
Et c'est en vous quittant qu'il prouve sa tendresse.
Il semble, en vérité, craindre votre faiblesse,
Et vouloir, en fuyant loin de vous, pour toujours,
De sa propre vertu vous prêter le secours.
Cette précaution, cette crainte du crime,
Montre pour vous bien peu de respect et d'estime.
Qu'il porte donc ailleurs son éternel ennui !
Il ne vous aime pas, ne songez plus à lui.

ÉLISABETH.

Hélas ! que me dis-tu ? je le sais trop, il m'aime.
Il craint avec raison ce que je crains moi-même...
Nous ne pouvons nous voir sans danger, et je sens
Que mes vœux désormais ne sont plus innocents.
J'en ai honte, Marie, et n'oserais te dire
Les transports insensés que le démon m'inspire.

MARIE.

On vient ! Cachez ces pleurs que dans vos yeux je voi.
C'est la duchesse d'Albe...

ÉLISABETH.

Ah ! viens, sortons, suis-moi !

SCÈNE II.

LA DUCHESSE D'ALBE, DON ALVAR.

LA DUCHESSE.

C'est la reine! elle sort... elle craint ma rencontre.
C'est ainsi qu'envers moi son amitié se montre.
Elle a raison, sans doute; elle me juge bien,
Et son cœur orgueilleux a deviné le mien.

ALVAR.

Le grand inquisiteur recommande, madame,
La prudence. Depuis cette première femme,
Ève, qui mit la main sur le fruit défendu,
Notre premier péché, l'orgueil, a tout perdu.
Pour frapper cette reine et pour servir l'Église,
Apprenons à courber une tête soumise;
Nous la relèverons d'autant plus haut un jour.
Eh bien, qu'avez vous su? comment va leur amour?
Voyez-vous augmenter leur tendre frénésie,
Et du royal époux croître la jalousie?
Les avis importants, entre nous convenus,
Dans la dernière nuit, lui sont-ils parvenus?

LA DUCHESSE D'ALBE.

Oui, tout a réussi : durant la nuit entière,
Le sommeil a trahi sa brûlante paupière...
Seul, marchant à grands pas dans ses appartements,
Souvent il a poussé de sourds gémissements.
Quoique seul, il parlait, et sa voix menaçante
Semblait interroger une personne absente...
A peine, dans les cieux, le jour naissant a lui,
Que Lerme, par son ordre, a paru devant lui.
Le Roi de ses transports n'a pas été le maître;
Aux yeux surpris du comte il a laissé paraître
Le trouble impérieux dont il est agité,
Et, par la passion à la fin emporté :
« Vous veillez près de moi, du soir jusqu'à l'aurore, »

A-t-il dit; « votre épouse est pourtant jeune encore.
» Époux, père imprudent, voyez vos cheveux gris ;
» Veillez sur votre femme et craignez votre fils.»

ALVAR.

C'est bien : je vous prédis leur perte inévitable ;
Nous avons pour nous Dieu, don Philippe et le diable,
Mais Philippe surtout.

LA DUCHESSE D'ALBE.

L'art de dissimuler
L'abandonne, l'on voit son courroux s'exhaler ;
Pour la première fois, la haine qui l'enflamme
Jette quelque lueur; on découvre son âme.

DON ALVAR.

Ah ! pour ceux qu'il menace, autant vaut des enfers
Voir la gueule béante et les gouffres ouverts !
Si le tigre a rugi sous le trait qui le blesse,
Ne craignez de sa part ni pitié ni faiblesse.
Il nous servira bien... Carlos, malheur à toi !
L'Église t'a maudit, tu ne seras pas roi.
Après, que reste-t-il ? deux filles en bas-âge.
Votre époux, désormais, sans crainte et sans partage,
Près d'un roi qui vieillit dépourvu d'héritier,
Étendra son pouvoir sur le royaume entier.
Que sais-je ? Puisse-t-il, rappelant mes services,
Songer que, par mon zèle et par mes artifices,
Il a vu du succès le chemin s'aplanir !

LA DUCHESSE.

Seigneur, il n'en saurait perdre le souvenir.

ALVAR.

Vous savez qu'il me doit appeler en Belgique.
J'espère convertir la partie hérétique,
Comme fait votre époux, par le fer et le feu,
Et faire ma fortune au service de Dieu.

6*

SCÈNE III.

La Duchesse d'ALBE, ALVAR, un Page.

(Le page remet une lettre à la duchesse et sort.)

ALVAR.

Qu'est-ce donc?

LA DUCHESSE *(après avoir lu la lettre).*

Le duc d'Albe, avant une heure, arrive.

ALVAR.

Dieu veuille qu'à Madrid sa fortune le suive!
Mais son retour, madame, a-t-il l'aveu du roi?
On ne l'attendait point.

LA DUCHESSE.

Je ne sais, mais je croi
Qu'il n'a point attendu les ordres de son maître.

ALVAR.

Sans l'ordre de Philippe, il ose ici paraître?

LA DUCHESSE.

Par quelques mots obscurs qu'à la hâte il m'écrit,
Je vois qu'un grand dessein occupe son esprit :
Il a sur les Flamands remporté la victoire;
Il vient couvert de sang et rayonnant de gloire;
L'étendard de Castille est sur les murs d'Anvers,
Et les chefs ennemis sont morts ou dans les fers.
Voilà tout ce qu'il dit; mais j'entrevois sans peine
Qu'un intérêt pressant en secret le ramène.
Un retour si rapide annonce de grands coups.
Vous saurez tout, seigneur, et nous comptons sur vous.

(Elle sort.)

SCÈNE IV.

ALVAR *(seul).*

Le duc d'Albe revient, et sans qu'on le rappelle!
C'est hasarder beaucoup. Portons cette nouvelle
Au grand inquisiteur et puis à don Carlos.

C'est moi qui suis le centre où, de tous leurs complots
Les fils entremêlés que mes mains réunissent,
A l'insu l'un de l'autre, en secret aboutissent.
Le grand inquisiteur, le Duc, Carlos, le Roi,
L'un à l'autre opposés, se servent tous de moi.
N'importe à qui d'entre eux mon intérêt m'attache,
Je dois trahir quelqu'un ; je remplirai ma tâche.

SCÈNE V.

ALVAR, MANSFELD, SAINT-POL, POSA,
GRANDS ET SEIGNEURS.

MANSFELD.

Ce spectacle, seigneur, n'est-il pas magnifique,
Digne en tout de l'Espagne et du Roi catholique ?
Cette procession, ces pénitents voilés,
Ces doubles rangs partout de cierges étoilés,
Ces accents solennels des cloches, ces cantiques,
Ces moines, ce clergé, surtout ces hérétiques,
Qui, par le saint office au bûcher condamnés,
Sous leur *san-benito* semblent déjà damnés,
Cet immense bûcher que la justice allume,
Ce cri d'un peuple entier, ce feu qui les consume,
Voit-on rien de pareil ailleurs ? et dites-moi
Si ce n'est pas ici le pays de la foi ?

SAINT-POL.

Ce spectacle est brillant, j'en conviens, mais, en France,
Un tournoi, j'en suis sûr, aurait la préférence.
C'est notre goût, j'en prends à témoin le marquis.
Qu'en pense-t-il ?

POSA.

Je suis, comte, de votre avis.

MANSFELD (*bas à Saint-Pol*).

Le marquis, quand on brûle un hérétique, il souffre,
Et croit déjà sentir sur lui l'habit de soufre.

(*A Alvar qui l'a entendu.*)

Alvar, n'est-il pas vrai ?

ALVAR.

Pour Dieu! parlez plus bas.

SCÈNE VI.

MANSFELD, ALVAR, POSA, PHILIPPE II, SAINT-POL,
DON CARLOS, DE LERME, MENDANA, MENDOCE,
UN OFFICIER.

L'OFFICIER (*annonçant*).

Le Roi!

PHILIPPE II.

Je veux qu'ainsi, dans mes vastes États,
Dont la chaîne infinie environne la terre,
Et que jamais du jour ne quitte la lumière,
L'Église souveraine exécute sa loi,
Et maintienne partout l'unité de la foi.
Les ennemis de Dieu, que ce feu les dévore!
C'est ainsi qu'on sert Dieu, c'est ainsi qu'on l'honore.
Puisse, par tous les rois cet exemple imité,
Terrasser l'hérésie et l'incrédulité!

MANSFELD.

Dans tous vos vœux, seigneur, Dieu vous sera propice;
Car vous aimez sa gloire et servez sa justice.
En soutenant l'Église et son droit immortel,
Vous appuyez le trône aux bases de l'autel,
Et vous rendez ainsi votre pouvoir suprême
Invincible et sacré comme l'Église même.
Quand l'hérétique expire au sein du feu vengeur,
Les cieux sont réjouis, les anges du Seigneur
Font éclater les chants d'une sainte allégresse,
Et du roi qui le sert Dieu bénit la sagesse.

CARLOS (*bas à Posa*).

De dégoût et d'horreur tous mes sens sont saisis.

PHILIPPE.

L'hérétique fût-il mon fils, mon propre fils,
Il subirait la mort!

MANSFELD.

O sublime courage !

POSA.

O fanatisme atroce ! ô détestable rage !

PHILIPPE.

Vous voici, Mendana ? Sur des flots inconnus
Je sais que, par vos soins, mes vaisseaux parvenus
Viennent de rencontrer, aux confins des deux mondes,
Des peuples fortunés et des îles fécondes.
Je vous fais vice-roi. Remontez sur les mers ;
Faites toucher mon sceptre au bout de l'univers.
Mendoce, quant à vous, partez pour l'Amérique ;
Gouvernez en mon nom l'empire du Mexique.
Livré longtemps aux mains d'avides destructeurs,
Ce pays a besoin de soins réparateurs.
Ces peuples, malheureux plus encor que coupables,
Ont poussé jusqu'à moi leurs plaintes lamentables.
Ils me sont chers : pour moi leur vie est un trésor ;
Il faut les conserver, ils produisent de l'or.
Donnez-leur tous vos soins. Pour cette race impie,
Que l'Afrique autrefois dans nos champs a vomie,
Et qui, fière de vivre ou lasse d'exister,
Au sein de mon empire ose se révolter,
Et porter vers Grenade une guerre insensée,
Je veux que de la terre elle soit effacée.
Lerme, je vous remets le soin d'anéantir
Ce peuple qu'à la foi l'on ne peut convertir.
Allez, et que l'Espagne, un instant alarmée,
Se calme en vous voyant conduire mon armée.

UN OFFICIER.

Le duc d'Albe demande à paraître à vos yeux,
Sire ?

PHILIPPE.

D'Albe ! il faut donc qu'il soit victorieux !
(Le duc d'Albe entre.)

SCÈNE VII.

PHILIPPE, D'ALBE, CARLOS, POSA, MANSFELD, MENDANA, SAINT-POL, ALVAR.

PHILIPPE.

Duc d'Albe, auprès de moi quel motif vous rappelle ?
Vous êtes donc vainqueur de la Flandre rebelle ?
Tous mes sujets sont donc à leur maître soumis,
Et Dieu, dans mes États, n'a donc plus d'ennemis ?

D'ALBE.

Dieu, par mes faibles mains, vous donne la victoire,
Et rien, de ce côté, ne manque à votre gloire.
Oui, sire, les Flamands, de toutes parts vaincus,
Dans leur rébellion, ne vous résistent plus.
De Horn et de d'Egmon, ces deux chefs des rebelles,
La hache a fait tomber les têtes infidèles.

DON CARLOS.

Ainsi donc Horn, Egmon sont morts assassinés ?

D'ALBE.

Ils sont morts justement, ils sont morts condamnés.

PHILIPPE.

Leur tête m'était due, ils ont payé leur dette.

D'ALBE.

Depuis leur châtiment, la révolte est muette.
Guillaume, par la fuite, à mes coups dérobé,
Seul d'entre tous les chefs, n'est pas encor tombé ;
Mais ce peuple orgueilleux, plus mobile que l'onde,
S'abaisse devant vous, dans sa terreur profonde.

PHILIPPE.

Vous avez bien agi, Tolède, et de vos soins,
Dans cette occasion, je n'attendais pas moins ;
Cependant, je le sais, la Flandre épouvantée,
Tant que Guillaume vit, n'est pas encor domptée.
Qui peut, avant sa mort, vous ramener vers moi ?

D'ALBE.

Le soin de la couronne et le salut du roi,
  (Bas.)
Un secret.

PHILIPPE (*aux assistants*).
  Laissez-nous !

(*Tout le monde sort, excepté le roi et le duc d'Albe.*)

SCÈNE VIII.

PHILIPPE, LE DUC D'ALBE.

PHILIPPE.
          Et vous, sur votre tête,
Que, pour ce prompt retour, votre excuse soit prête.
          D'ALBE (*remettant des lettres au roi*).
La voici !
PHILIPPE (*après avoir jeté un coup d'œil sur les lettres*).
          Je connais l'auteur de ces écrits.
          D'ALBE.
Entre les mains d'Egmon nous les avons surpris.
          PHILIPPE.
Vous ne m'apprenez rien ; non, duc, ma vigilance
Avait su découvrir ce complot. En silence
J'observais ; j'attendais le moment de frapper,
Sûr que mes ennemis ne pouvaient m'échapper.
Je sais tout. A l'Église, à l'État infidèle,
Mon fils est à la fois hérétique et rebelle.
Peut-être même encor cache-t-il dans son cœur
Quelque crime plus noir. Qu'en pensez-vous ?
          D'ALBE.
                                        Seigneur,
Sa révolte envers vous le rend assez coupable,
Sans que j'ajoute encore au crime qui l'accable
          PHILIPPE.
Ce n'est pas de l'État qu'il s'agit seulement :
Je songe à ma famille, à mon honneur.

D'ALBE.

Comment ?

Votre honneur ?

PHILIPPE.

Sans détour, dites votre pensée.
Que, dans un doute affreux mon âme balancée,
Puisse de ses soupçons enfin se dégager,
Ou s'assurer du moins le droit de se venger.

D'ALBE.

Que me demandez-vous et que puis-je vous dire ?
Si j'allais me tromper !

PHILIPPE.

Quoi ! dans ce vaste empire,
N'ai-je pas un sujet dont la fidélité
Puisse jusqu'à mon cœur porter la vérité ?

D'ALBE.

Ah ! sire, un tel reproche est fait pour me confondre ;
Mais interrogez-moi, je suis prêt à répondre.

PHILIPPE.

Eh bien donc, puisqu'il faut m'expliquer sans détour,
De mon indigne fils soupçonnez-vous l'amour ?
Croyez-vous qu'embrasé d'un désir adultère,
Il soit, au fond du cœur, le rival de son père ?
Répondez !

D'ALBE.

Je ne sais ; mais depuis quelque temps
On répand, j'en conviens, des bruits inquiétants.

PHILIPPE.

Oui, j'ai dû le prévoir, et personne n'ignore
Le crime trop certain dont seul je doute encore ;
Trop heureux si pourtant mes soupçons aujourd'hui
N'atteignaient que mon fils et s'arrêtaient sur lui !

D'ALBE.

Ah ! chassez ces soupçons, sire ; la jalousie
Peut changer le repos du sage en frénésie.

PHILIPPE.

D'Albe, je suis monarque avant que d'être époux ;
Je ne m'abaisse pas à devenir jaloux ;
Mais le crime toujours me trouve inexorable,
Et je suis l'ennemi de quiconque est coupable.

D'ALBE.

La reine ne l'est pas.

PHILIPPE.

De sa fidélité
Est-ce que jusqu'ici quelqu'un aurait douté ?

D'ALBE.

Sire, la calomnie attaque tout ; personne
Ne l'évite, elle atteint jusques à la couronne.

PHILIPPE.

Mon épouse ?... Et qui donc l'ose calomnier ?
Et qui vous a permis de la justifier ?

D'ALBE.

J'ai cru que vos soupçons tombaient aussi sur elle.

PHILIPPE.

Mon fils est criminel, mon épouse est fidèle.
Il faut vouloir périr pour oser en douter ;
Défendre sa vertu, d'Albe, c'est m'insulter.

D'ALBE.

Sire, je suis confus. Un aveu trop sincère,
Exigé par vous-même, a-t-il pu vous déplaire ?

PHILIPPE.

Je crois vous deviner. Oui, vous allez trop loin,
Et de me rassurer vous prenez trop de soin.
Déjà quelques amis, que vous pouvez connaître,
Ont montré, comme vous, ce zèle pour leur maître.
Leurs avertissements, venus de toutes parts,
Sur leur secret accord ont fixé mes regards.
Je crois être certain qu'ils agissent ensemble,
Et que dans leur dessein la haine les rassemble.
Êtes-vous étranger à tout cela ?

8

D'ALBE *(se jetant à genoux devant le roi).*

Seigneur !...

PHILIPPE.

Levez-vous ! écoutez !

D'ALBE.

Je jure sur l'honneur !..,.

PHILIPPE.

Non, duc, ne jurez pas. J'essaierai de vous croire.
Mais, pour vos intérêts, n'oubliez plus ma gloire.
Que faites-vous ici ? Je n'avais pas besoin
Que, pour rendre un écrit, vous vinssiez de si loin.
Vous déguisez en vain l'espoir qui vous attire ;
Vous voulez écarter l'héritier de l'Empire,
Et, dans votre retour, aisément j'entrevoi
Plus de haine pour lui que de zèle pour moi.
Vous abusez un peu de la faveur royale.
Du duc d'Albe, dit-on, l'image triomphale
Vient d'étonner Anvers ; qui donc a fait les frais
De ce bronze insolent qui reproduit vos traits ?
C'est mon peuple, c'est moi. Se dresser des statues,
Peindre à ses pieds vainqueurs les cités abattues,
Grand homme, mon sujet, c'est presque agir en roi.
Prenez garde pourtant ! je règne, je suis moi.
Sur mes secrets desseins toute entreprise est vaine.
Content d'être toujours mon premier capitaine,
Ne soyez rien de plus. Je puis, sans vos avis,
Gouverner ma famille et contenir mon fils.
Sortez !... Qu'on fasse entrer Alvar.

SCÈNE IX.

PHILIPPE, ALVAR.

PHILIPPE.

Quelle nouvelle ?

Mon fils est-il entré dans le parti rebelle ?
Le pacte est-il signé ?

ALVAR.

Non, sire, mais ce soir,
A la porte *del Sol* nous devons nous revoir.
Tout doit se terminer.

PHILIPPE.

Mais ils viennent d'apprendre
Que Tolède a vaincu leurs complices en Flandre.
Crois-tu qu'ils oseront, après de tels revers,
La mort de deux grands chefs et la chute d'Anvers,
Former avec les Gueux un pacte d'alliance ?

ALVAR.

Oui, sire ! oui, je suis sûr de leur imprudence.
Avant le jour naissant, le prince et ses amis
Se sont vus au jardin ; il leur a tout promis.
Et croyez qu'une fois sa parole engagée,
C'est en vain qu'il verra la fortune changée ;
Il ne changera point. Posa, ce songe-creux,
L'attache avec amour à la cause des Gueux.
Il croit, en poursuivant cette folle entreprise,
Rendre le peuple heureux, régénérer l'Église,
Éteindre les bûchers où s'épure la foi,
Et nous réunir tous sous une même loi.
Le prince s'est laissé charmer par cette idée.
Depuis que sa revolte est chose décidée,
Il périt de langueur, il a soif des combats ;
Il s'excuse en disant que vous ne l'aimez pas...

PHILIPPE.

L'ingrat !

ALVAR.

Que, comme vous, armé contre son père,
Votre exemple l'absout...

PHILIPPE.

Arrête ! la colère
Pourrait troubler mes sens, égarer ma raison !
Il me faut de sang-froid juger la trahison,
Sauver l'État... Je vais y songer. Dans une heure,

Tu reviendras chercher mes ordres... Non, demeure !
Encore un mot !... Alvar, tu n'as pas oublié
Le soupçon malheureux que je t'ai confié ?
N'as-tu rien découvert ?

ALVAR.

Il s'obstine à nous taire
La cause qui nourrit son chagrin solitaire.
Le marquis, sur ce point, est son seul confident.

PHILIPPE.

Ainsi tu ne sais rien ?

ALVAR.

Non, sire. Cependant,
Au jardin, cette nuit, caché sous un feuillage,
J'ai pu saisir de loin quelques mots au passage.
Le prince avec Posa conversait sans témoin.

PHILIPPE.

Oh ! Dieu ! Que disait-il ?

ALVAR.

Sire, j'étais bien loin,
Je vous l'ai dit ; les mots me parvenaient à peine.

PHILIPPE.

Ah ! dis-moi, dis-moi tout.

ALVAR.

Il parlait de la reine
Qu'il devait épouser. Il se plaignait de vous.
J'ai distingué ces mots : « amour... soupçon jaloux...
Le cœur d'Élisabeth... »

PHILIPPE.

C'est tout ?

ALVAR.

Oui.

PHILIPPE.

Ces paroles,
Alvar, n'ont point de sens, sont vaines et frivoles,
Ne sont rien. Tu serais criminel à mes yeux
Si tu les entendais dans un sens odieux,
Si tu les répétais.

ALVAR.

Seigneur, je sais me taire,
Et mon esprit n'est pas à ce point téméraire
D'aller prêter un sens à de tels mots.

PHILIPPE (*allant vers une table sur laquelle se trouvent
du papier et des plumes*).

Mon fils

Est coupable. L'État, l'Église sont trahis.
Il faut agir, punir. Je suis roi. Qui m'arrête?
La justice, la loi me demandent sa tête.
Il pourrait m'échapper. Il est en mon pouvoir.
Alvar, que don Carlos soit arrêté ce soir.
Oui, ce soir, aussitôt que sa main criminelle
Aura placé son nom sur le pacte rebelle.
Au grand inquisiteur qu'il soit livré soudain.

ALVAR.

Vous l'ordonnez?...

PHILIPPE.

Voici l'ordre écrit de ma main!

ALVAR.

S'il tentait d'opposer la force à la justice?

PHILIPPE.

N'importe!... Mort ou vif il faut qu'on le saisisse.

FIN DU DEUXIÈME ACTE.

ACTE III.

Le théâtre représente l'intérieur d'une hôtellerie hors des murs de Madrid.

—

SCÈNE I.

ALVAR, GUSMAN, MONTIGNY, BRÉDÉRODE, DE MONS, DÉGUISÉS EN MARCHANDS.

MONTIGNY.

De cet affreux malheur nous sommes tous instruits.

ALVAR (s'adressant à un valet en dehors de la porte).

A-t-on porté du vin, des gâteaux et des fruits ?

UN VALET.

Oui, seigneur.

ALVAR.

Ne laissez entrer ici personne,
Excepté... vous savez?... Faites ce que j'ordonne.
(A Montigny.)
Le traité !

MONTIGNY (présentant le traité).

Qui voudra maintenant le signer ?
Après de tels revers il faut nous résigner ;
Il faut savoir souffrir quand on ne peut combattre.

ALVAR.

Quoi ! si facilement vous vous laissez abattre ?
Le prince va venir ; gardez de laisser voir
Que vous êtes déjà réduits au désespoir.
N'imitez pas ceux qui, de peur de mort, se pendent.

UN VALET (*introduisant don Carlos et Posa*).
Venez, seigneurs marchands, vos amis vous attendent.

SCÈNE II.
ALVAR, GUSMAN, MONTIGNY, BRÉDÉRODE, DE MONS, DON CARLOS, POSA.

DON CARLOS.

Amis, vous me voyez accablé de douleur.
D'une défaite on peut réparer le malheur ;
Mais ces amis si chers, à la fleur de leur âge,
Traînés sur l'échafaud ! quelle mort !... Quel courage
Il faut pour supporter ces coups !... N'en parlons plus,
Et, loin de nous montrer lâchement abattus,
A l'aspect du danger qui de près nous menace,
Redoublons, s'il se peut, d'énergie et d'audace.

BRÉDÉRODE.

Quoique d'Egmon soit mort, quoique Anvers soit rendu,
Mon prince, soyez sûr que tout n'est pas perdu.
Guillaume de la Frise a gagné le rivage ;
Déjà sous ses drapeaux le Batave s'engage ;
Tant qu'il vit, espérons.

DON CARLOS.

Donnez-moi le traité !

ALVAR (*signant*).

Je signe.

DON CARLOS.

Bien, Alvar. (*Don Carlos prend le traité pour le signer.*)

GUSMAN.

O mon prince ! arrêtez !

Qui nous presse ? attendons des nouvelles certaines.
Nous en aurons bientôt... Sur quelques rumeurs vaines.
Sur quelque espoir conçu sans aucun fondement,
Pouvons-nous contracter un tel engagement ?
D'un peuple terrassé qui n'a plus d'espérance,
Qui ne se défend plus, prendrons-nous la défense ?
Non, mon prince, de grâce ! attendons quelques jours.

ALVAR (*bas à Gusman*).

Don Gusman quel est donc le but de ce discours ?
Tu nous trahis.

BRÉDÉRODE.

Seigneur, quand la Flandre en alarmes,
Vaincue et résignée, aurait posé les armes,
Croyez qu'à votre aspect, un peuple de soldats
Se lèverait tout prêt à de nouveaux combats.
Ils sont vaincus mais non soumis, et leur constance,
Avec le temps, vaincra Philippe et sa puissance.

ALVAR (*levant son verre*).

Honneur aux braves gens ! honte aux poltrons ! Je veux
Boire, quoi qu'il arrive, à la cause des Gueux !

MONTIGNY (*levant aussi son verre*).

A ce peuple accablé de maux et de misère !

DON CARLOS.

Plus son malheur est grand, plus sa cause m'est chère.

POSA.

A vous Horn et d'Egmon ! Frappés par les bourreaux,
Vous n'en êtes pas moins tous deux morts en héros.
Nous voulons, redoublant d'audace et de courage,
Ou tomber comme vous, ou finir votre ouvrage !

DON CARLOS.

Je signe, cher Posa ; le sort en est jeté.
Flamands ! je me dévoue à votre liberté.
Mon père, en abusant sur vous de sa puissance,
Abdique tous ses droits ; ma royauté commence.
Je vais la soutenir contre lui, contre tous,
Non par ambition, non pour moi, mais pour vous.
Et maintenant, amis, je suis tel qu'un navire,
Lancé loin du chantier sur le liquide empire.
Les câbles sont coupés ; des périlleuses mers
Il va tenter l'abîme au bout de l'univers ;
Malgré les cieux grondants, sous l'aile de l'orage,
Il part, joyeux du gouffre et lassé du rivage.

ALVAR (*bas à Gusman*).

Le superbe vaisseau va sombrer dans le port.
Sois fidèle, Gusman, ou je te tiens pour mort.

MONTIGNY.

Recevez, seul appui de notre juste cause,
L'hommage des Flamands qu'à vos pieds je dépose.

(*On entend du bruit à la porte.*)

ALVAR.

Qui vient nous interrompre?

UNE VOIX (*en dehors*).

Ouvrez!

ALVAR.

On n'entre pas!

(*Rachel entre vêtue en homme.*)

Que cherchez vous ici, cavalier? chapeau bas!
S'il vous plaît.

RACHEL (*ôtant son chapeau*).

Volontiers!

ALVAR.

O ciel!

POSA.

C'est une femme!

DON CARLOS.

Qu'est-ce qui vous amène auprès de nous, madame?

RACHEL.

Je viens vous demander, seigneur, justice.

CARLOS.

A moi?

A qui croyez-vous donc parler?

RACHEL

Au fils du Roi,

Au prince don Carlos.

ALVAR.

La méprise est plaisante!
Quel est donc le projet de cette extravagante?

RACHEL.

Vous allez le savoir.

DON CARLOS.

Supposé que je sois
Le prince, vous pourrez me voir une autre fois.
Je ne viens pas ici pour donner audience ;
Et, si l'on vous a fait, madame, quelque offense,
Il est des magistrats.

RACHEL (*se mettant à genoux devant le prince*).

De grâce! un seul moment!
Écoutez!

DON CARLOS.

Levez-vous et parlez librement.

RACHEL.

Me reconnaissez-vous, Alvar, pour votre femme?

ALVAR.

C'est de moi qu'il s'agit, la belle? Sur mon âme!
Ce choix, de votre part, me fait beaucoup d'honneur;
Mais d'être marié je n'ai pas le bonheur.

RACHEL.

Nous disons vrai tous deux ; mais vous allez connaître
Le cœur le plus ingrat, le plus faux, le plus traître,
L'homme le plus pervers...

ALVAR.

Que tous ces noms sont doux !
Et qui peut me valoir cet aimable courroux?

RACHEL.

Du juif Éléazar je suis la fille unique.

ALVAR (*avec dédain*).

Une juive !

RACHEL.

Je suis maintenant catholique.

DON CARLOS.

Il n'importe, parlez !

RACHEL.

Mon vieux père étant mort,
Je restai dans Madrid triste et seule... Le sort,
Ou plutôt le démon qui veille à notre perte,

M'envoyèrent Alvar. A sa prière ouverte,
Ma maison le reçut. Il revint chaque jour.
D'un air soumis et tendre, il me parla d'amour ;
Je me laissai toucher par sa feinte tendresse ;
J'étais jeune, il était fourbe et rempli d'adresse ;
Je suivis ses conseils ; du culte paternel
Je fis, pour être à lui, l'abandon solennel ;
Nous fûmes à l'autel réunis par un prêtre ;
Je devins son épouse, ou du moins je crois l'être.
Comme ce qu'il voulait surtout, c'était de l'or,
De mon père, en ses mains, je remis le trésor.
Telle était mon aveugle et folle confiance !
Le perfide, abusant de mon obéissance,
Sous le prétexte faux des plus grands intérêts,
Exigea que nos nœuds fussent tenus secrets.
Je cédai. Je vécus cachée et solitaire.
Dans un triste abandon, bientôt je devins mère.
Pendant que mon époux se montrait à la cour,
Vivait dans les plaisirs, moi, pleurant nuit et jour,
Je réclamais en vain la foi sainte promise,
Et les droits d'un hymen consacré par l'Église.
Enfin, tantôt, j'apprends, tremblante de terreur,
Des maux que j'ignorais ; je découvre l'horreur
De l'abîme où je suis. Seigneur, cet hyménée,
Dont je croyais porter la chaîne infortunée,
N'existe pas. L'autel, le prêtre, le serment,
La bénédiction, l'auguste sacrement,
Tout n'était que mensonge et que vile imposture.
Cet homme, en même temps sacrilège et parjure,
Cet homme, pour de l'or, en face des autels,
S'est joué de son Dieu, de ce que les mortels
Ont partout de plus saint et de plus respectable.
Voyez jusqu'à quel point il me rend misérable.
Comme il se fait un jeu de déchirer mon cœur !
Il ne laisse ignorer qu'à moi mon déshonneur.
De ses dignes amis je deviens la risée,

Et, quand de mes trésors la source est épuisée,
Il va m'abandonner!

DON CARLOS.

Alvar, vous entendez?
Ce que l'on vous reproche est-il vrai? répondez!

ALVAR.

Je ne répondrai rien, seigneur; et votre altesse
Saura de mon silence approuver la sagesse.
Ce n'est pas pour juger un débat amoureux
Que nous tenons ici ce conseil dangereux.

DON CARLOS.

Il est vrai; cependant...

MONTIGNY.

Renvoyez cette femme.
Ce n'est pas le moment de l'écouter... Madame,
Il faut vous éloigner.

RACHEL.

Hélas!

DON CARLOS.

Non, demeurez!
Vous réclamez l'appui du prince, vous l'aurez.
Vous allez obtenir justice, je le jure!
Et, s'il est vrai qu'Alvar vous ait fait quelque injure,
Il va la réparer. Alvar, expliquez-vous,
Je le veux!

ALVAR.

Dans vos yeux je lis trop de courroux.
Un silence prudent doit être mon refuge,
Et je n'accepte pas mon complice pour juge.

MONTIGNY (à don Carlos).

Ménagez-le : craignez que par la trahison
Il ne se venge.

DON CARLOS.

Non, j'en veux avoir raison.

RACHEL (à don Carlos).

Il n'est pas temps : je sais qu'un autre soin vous presse.

Mon prince, il me suffit d'avoir votre promesse ;
Je la réclamerai. Maintenant, écoutez !
Pour la protection que vous me promettez,
Je vous dois un secret.

(Elle se retire à part avec le prince et lui parle bas.)

ALVAR (à part).

Le prince et notre belle
Se parlent de bien près. Que lui raconte-t-elle ?
Ce sont de doux secrets. Par mon patron ! je crois
Que le prince connaît ma femme mieux que moi.

(Il sort sans être remarqué.)

POSA (bas à Brédérode).

Si l'on m'eût écouté, cet homme détestable
N'aurait pas le secret qui le rend redoutable.

BRÉDÉRODE.

Il faut de telles gens pour nos hardis projets.

POSA.

Avons-nous, gens d'honneur, besoin d'hommes abjects ?

DON CARLOS.

Silence ! écoutez-moi !... Messieurs, fermez la porte !
Posa, demeurez tous, que personne ne sorte !
Montigny, remettez dans mes mains le traité.

MONTIGNY.

Qui ? moi ? je ne l'ai pas... (Montrant la table.) Il est
ici resté.

DON CARLOS.

Où donc !

MONTIGNY.

Sur cette table.

BRÉDÉRODE.

Alvar a dû le prendre.

DON CARLOS.

S'il l'a pris, nous saurons le forcer à le rendre.

GUSMAN.

Alvar n'est plus ici.

DON CARLOS.

Nous sommes trahis tous!
Alvar nous a vendus! Messieurs, dispersez-vous!
Fuyez! le saint office est prêt à nous surprendre.
Quittez Madrid ce soir. Je vous ajourne en Flandre.
Adieu donc et partez! Tout ce que j'ai promis
Je le tiendrai... Comptez sur moi tant que je vis.

MONTIGNY.

Mon prince, sauvez-vous!

SCÈNE IV.

DON CARLOS, POSA, RACHEL, GUSMAN.

DON CARLOS.

Eh bien, qu'allons-nous faire?

POSA.

Surtout la promptitude est ici nécessaire.

DON CARLOS.

Où nous réfugier cette nuit? au palais
Nous ne pouvons tous deux retourner désormais.

POSA.

Dans Madrid, jusqu'au jour, cachons-nous...

GUSMAN.

Prenez garde!
Je viens d'apercevoir les archers de la garde
Sous la porte del Sol.

POSA.

Il faut agir! le mal
S'aggrave à chaque instant... A cheval! à cheval!
Et partons!

GUSMAN.

Ah! fuyez et Madrid et l'Espagne!
J'ai fait ce que j'ai pu; que Dieu vous accompagne!

(Il sort.)

DON CARLOS (s'approchant de la table et écrivant).
Nos chevaux!

POSA.

Ils sont là, dans cette cour.

DON CARLOS.

C'est bien !

POSA.

Prince, qui vous arrête et qu'écrivez-vous ?

DON CARLOS.

Rien.

(Bas à Rachel en lui remettant un billet.)

Je suis à toi. Prenez ceci. Je vous confie
Plus que tous les trésors, qu'un trône, que ma vie.
Promettez-moi d'aller au palais dès ce soir.
Entrez sans nulle crainte, et demandez à voir
La comtesse de Pons. Montrez-lui cette lettre.
Dites que vous venez vous-même la remettre,
De ma part.

RACHEL.

A qui donc ?

DON CARLOS.

A la reine.

RACHEL.

J'y cours !

DON CARLOS.

Allez, et vous pourrez compter sur son secours.
  (A Posa.)   *(Elle sort.)*
Allons, partons, ami !

POSA.

Mon cher prince, courage !
Hélas ! dans ce péril c'est moi qui vous engage,
Et ce n'est que pour vous que je sens de l'effroi.

DON CARLOS.

Poursuivons nos desseins, ne songe pas à moi.

(Ils sortent.)

SCÈNE V.

ALVAR et ALONZO (*entrant furtivement par une autre porte*).

ALONZO.

Ils sortent!

ALVAR.

Leurs chevaux?

ALONZO.

Nous venons de les prendre.

ALVAR.

Si les vingt lansquenets ne se font pas attendre,
Je suis sûr du succès.

ALONZO.

Les lansquenets sont là.
Venez!... j'entends un coup d'escopette.

ALVAR.

Déjà!

(*A part*).

Morts ou vivants, il faut qu'ils soient pris. Ah! ma belle.
Ma mignonne Rachel, vous faites la rebelle!
Ceux qui vous ont appris tous mes secrets ont tort :
L'arbre de la science est l'arbre de la mort.

(*La scène change. Le théâtre représente l'appartement de la Reine dans le palais de Buen Retiro.*)

SCÈNE VI.

ÉLISABETH, MARIE.

ÉLISABETH.

C'est le prince, c'est lui qui m'écrit cette lettre,
Et par cette inconnue il me la fait remettre.
De quelque trahison il vient d'être averti.
C'en est fait! maintenant, Marie, il est parti.
Encor si je pouvais, comme lui fugitive,
M'échapper de ce trône où l'on me tient captive,

Ainsi qu'un serviteur, attachée à ses pas,
Le suivre sur les mers, dans les camps, aux combats,
Comme je briserais, joyeuse, ma couronne !
Quel bonheur de partir, seule, sans que personne
Pût connaître ma faute et me la reprocher !
O terre, n'as-tu point d'asile où nous cacher ?
Mais il part... c'en est fait ! As-tu vu cette femme ?
Son message a porté tant de trouble en mon âme,
Que, trop abandonnée à mes propres douleurs,
J'ai, sans pitié peut-être, écouté ses malheurs.
Contre un lâche oppresseur elle implore justice ;
Autant que je le puis, je lui serai propice.
Le malheur frappe au trône et nous vient avertir
Qu'aux maux de nos sujets nous devons compatir.
Je la verrai demain.

MARIE.

Voici l'heure fixée
Pour recevoir. On vient. La duchesse empressée
S'avance la première.

SCÈNE VII.

ÉLISABETH, MARIE, la Duchesse D'ALBE, la Marquise DE MONDÉJAR.

ÉLISABETH.

Ah ! duchesse, c'est vous !
Je vous croyais ce soir auprès de votre époux.
Ce grand homme, dit-on, après une victoire,
Revient exprès ici pour jouir de sa gloire.

LA DUCHESSE D'ALBE.

Il vient servir son maître.

ÉLISABETH (apercevant Légat).

Ah ! Légat, te voici !
Eh bien, mon noble fou, qui te rend triste ainsi ?
Tu baisses vers la terre un regard triste et morne.

LÉGAT.

Maîtresse, Jupiter est dans le capricorne.
Jupiter, sous ce signe, est malin et jaloux ;
C'est ce que vous diront les sages et les fous.
Je veux être à présent professeur de sagesse.

ÉLISABETH.

Allons ! mon sage-fou, laisse là ta tristesse.
Tâche de dissiper un instant notre ennui.
En nous, autour de nous, tout est triste aujourd'hui.
Aussi toi, n'as-tu rien que de triste à nous dire ?

LÉGAT (à la marquise de Mondéjar).

Madame la marquise, est-il l'heure de rire ?
A l'étiquette, ici, le plus fou se soumet.
Je voudrais être gai, si le Roi le permet.

LA DUCHESSE D'ALBE.

Légat, recommandez prudence à la folie.
Vous savez ?

LÉGAT.

Pardonnez à ma mélancolie.
Le jour des morts, je fus consulter, dans son trou,
Saint Patrice. Il me dit de pleurer comme un fou.
Que j'en aurais sujet. Ne soyez point en peine,
Vous verrez que je pleure aussi bien qu'une reine,
Bien mieux que je ne ris.

ÉLISABETH.

Aisément je te crois.
Ami, tu ne sais plus rire comme autrefois.

LÉGAT.

Maîtresse, quand les cieux sont voilés par l'orage,
L'alouette fait-elle entendre son ramage ?
Je suis, moi, l'alouette et je ne chante pas.

ÉLISABETH.

Et l'orage ?

LÉGAT,

L'orage ! il est là-bas, là-bas !

Il s'approche, il grandit, il s'étend d'heure en heure.
Je l'ai vu, j'en ai peur, je me cache et je pleure.

ÉLISABETH.

Je ne te vis jamais à ce point sérieux.

(Bas.)

Mais j'aperçois des pleurs qui roulent dans tes yeux.
Qu'as-tu donc ?

LÉGAT.

Ah ! je vois de sinistres présages :
L'étoile de Vénus se couvre de nuages.

(Bas à Élisabeth.)

Prenez garde ! je viens d'entendre un mot du Roi,
Un mot qui vous menace et me remplit d'effroi.

ÉLISABETH (à part).

Fuis, Carlos, fuis bien loin ! O ciel, sois lui propice !

SCÈNE VIII.

ÉLISABETH , LÉGAT, LA Marquise DE MONDÉJAR,
LA Duchesse D'ALBE, MARIE DE PONS, GUSMAN.

GUSMAN (parvenu jusque derrière le fauteuil de la Reine).

(Bas à Élisabeth.)

Le prince est arrêté!

ÉLISABETH.

Grand Dieu !

GUSMAN (bas).

Le saint office
Vient de fermer sur lui ses cachots. J'ai promis
Au prince de porter jusqu'à vous cet avis.
Que si vous connaissez quelqu'un qui s'intéresse
A cet infortuné, dites que l'on s'adresse
A moi qui suis tout prêt à braver le trépas;
Et, si j'ai trop parlé, ne m'en punissez pas.

ÉLISABETH (bas).

Votre nom?

GUSMAN.

Don Gusman.

ÉLISABETH.

Vous m'attendrez... Silence!

(*Gusman s'éloigne.*)

LA MARQUISE DE MONDÉJAR.

Le marquis de Lautrec vient d'arriver de France.

ÉLISABETH.

Le marquis de Lautrec!

LA MARQUISE.

Oui, madame; je croi

Qu'il est, en ce moment, admis auprès du Roi.

LA DUCHESSE D'ALBE.

Il apporte, dit-on, quelque grande nouvelle.

ÉLISABETH (*très préoccupée et ne comprenant pas ce qu'on dit*).

De Rome, dites-vous?... (*Bas.*) O justice éternelle!...
Don Carlos arrêté!

LA MARQUISE DE MONDÉJAR.

Madame, il est Français,

Le marquis de Lautrec.

ÉLISABETH (*toujours préoccupée*).

Sans doute, je pensais

Qu'il était Espagnol.

LA MARQUISE DE MONDÉJAR.

C'est votre auguste frère

Qui l'envoie à Madrid.

ÉLISABETH (*toujours dans le même trouble*).

Qu'avez-vous dit? J'espère,

S'il vient jusqu'à Madrid, que je pourrai le voir.

LA DUCHESSE D'ALBE (*étonnée*).

Il est ici.

ÉLISABETH.

Mon Dieu! je ne puis concevoir
Ce que j'ai; je me sens accablée et souffrante;

J'ai peine à soutenir cette tête brûlante ;
J'aurais vraiment besoin d'être seule un moment.

MARIE.

Venez, retirez-vous dans votre appartement.

LA MARQUISE DE MONDÉJAR (*à Marie*).

Il n'est pas l'heure encor, comtesse.

MARIE.

Eh ! que fait l'heure ?
Faut-il, pour observer l'étiquette, qu'on meure ?

LA DUCHESSE D'ALBE.

Mais, madame, le Roi n'est pas encor venu.

ÉLISABETH.

Votre zèle pour moi, duchesse, m'est connu ;
Mais, malgré le respect que j'ai pour l'étiquette,
Après tout je suis Reine et vous êtes sujette.
Je veux me retirer. (*A Marie.*) Allons, ramène-moi.
(*A la duchesse.*) Je me charge de tout, ne craignez rien.

UN OFFICIER (*annonçant*).

Le Roi !

SCÈNE IX.

ÉLISABETH, MARIE, LA DUCHESSE D'ALBE, LA MAR-
QUISE DE MONDÉJAR, PHILIPPE, ALVAR, LE DUC
D'ALBE.

PHILIPPE (*bas au duc d'Albe*).

Ma confiance en vous est toute rétablie.
Tolède, je pardonne et je fais plus, j'oublie.
Ne vous décernez pas pourtant une autre fois
Des honneurs aussi grands, plus grands que vos exploits.
(*Haut.*) Avec la Reine, ici, qu'on me laisse, qu'on sorte !

MARIE.

Oui, sire ; mais la Reine est souffrante.

PHILIPPE.

N'importe !
Faites ce que je dis. (*Bas à Alvar.*) Oui, je suis satisfait :
Je le tiens, cet écrit qui prouve son forfait.

Tu m'as montré du zèle... il sera fait justice.
J'abandonne à présent l'affaire au saint office.
Je ne m'en mêle plus. Montre au saint tribunal
Le traité, fais-lui voir ici le nom fatal.

(Tout le monde sort, excepté la Reine.)

SCÈNE X.

PHILIPPE, ÉLISABETH.

PHILIPPE *(à part).*
Sur ses traits altérés déjà mon œil peut lire
Son effroi.

ÉLISABETH.
                Vous avez quelque chose à me dire?
J'attends.

PHILIPPE.
        Asseyez-vous!

ÉLISABETH.
                        Seigneur!... en vérité...
Je crains... vous paraissez mécontent, irrité.

PHILIPPE.
Je n'eus jamais, madame, autant sujet de l'être.

ÉLISABETH.
Et contre qui? grand Dieu!

PHILIPPE.
                        Quand vous allez connaître
D'où mon trouble est venu, vous l'allez partager,
Et dans mes sentiments prompte à vous engager,
Vous-même exciteriez le feu de ma colère.
Vous savez que Carlos a toujours de son père
Méprisé les conseils, bravé l'autorité;
Et vous savez aussi que son impiété
Le rend, envers son Dieu, bien plus coupable encore.

ÉLISABETH.
Seigneur!...

PHILIPPE.

Vous le savez, personne ne l'ignore.
Son orgueil prend plaisir aux crimes éclatants.
D'un cœur tout paternel, j'ai supporté longtemps
Sa conduite insensée, abominable, impie,
Et du mépris public avec raison flétrie ;
Mais enfin ses forfaits vont si loin aujourd'hui,
Que mon cœur, pour toujours, s'est retiré de lui.
Secret provocateur des troubles de la Flandre,
Parmi les insurgés il songeait à se rendre ;
Contre nous, à leur tête, empressé de marcher,
Il partait cette nuit pour aller les chercher.

ÉLISABETH.

Pouvez-vous croire?...

PHILIPPE.

Eh quoi? peut-être je m'abuse?
C'est un fils vertueux que sans raison j'accuse?
Vous allez le défendre, et, trop compatissant,
Votre cœur, par pitié, va le croire innocent?
Vous le pouvez... Mais moi, la preuve m'est acquise
De ses crimes envers l'État, envers l'Église.
Je suis sûr... oui, j'ai vu, j'ai lu, lu de mes yeux.

ÉLISABETH.

O mon Dieu! quel malheur !

PHILIPPE.

De cet audacieux,
Ne craignez rien, madame, il sera fait justice.
On vient de l'arrêter et c'est le saint office
Qui va juger.

ÉLISABETH.

D'effroi tous mes sens sont saisis!
Hélas! songez-y bien, seigneur, c'est votre fils,
Votre sang, l'héritier du trône de vos pères.
Ah ! ne le livrez pas à ces juges sévères.

PHILIPPE.

Élisabeth, cessez! mon cœur a sans retour.

Sur ce coupable fils, épuisé son amour.
Avec de tels tourments la vie est trop amère...
Mais vous, Élisabeth, puisque vous êtes mère,
Songez à vos enfants... C'est là votre devoir.
N'ayez plus d'autre objet ou de crainte ou d'espoir.
Si don Carlos périt, le trône est leur partage;
Osez leur souhaiter ce superbe héritage.

ÉLISABETH.

J'aimerais mieux mourir que de former pour eux
Ces souhaits criminels, ces parricides vœux...
Moi souhaiter sa mort! oh! mon Dieu!

PHILIPPE.

Je vous prie,
Ma douce Élisabeth, mon épouse chérie,
Remettez votre main dans la main d'un époux.
Je vous aime, et mon cœur... Pourquoi donc tremblez-
Ne me dérobez pas ce front rempli de charmes. (vous?
Qu'entends-je? des sanglots! Vous lui donnez des lar-
De notre rédempteur j'en atteste la croix!   [mes!
Il mourra.

ÉLISABETH.

Votre fils! ah! s'il meurt, je prévois
Mon sort... Pour votre fils cruel, impitoyable,
Vous le serez pour moi.

PHILIPPE.

Mais mon fils est coupable,
Et vous ne l'êtes pas... Je dois en être sûr :
Dites, n'est-il pas vrai que votre cœur est pur?
Que c'est le chaste cœur d'une épouse innocente?
S'il est vrai, repoussez une injuste épouvante;
Sous mon courroux vengeur vous ne tomberez pas.
Mais on va dévoiler d'horribles attentats,
Et des crimes plongés dans un profond mystère
Vont sortir de la nuit pour effrayer la terre!
L'ange exterminateur est au milieu de nous,
Le bras levé. Qui sait où vont tomber ses coups?

ÉLISABETH.

Que voulez-vous de moi? vos regards sont terribles!
J'y vois la mort, j'y vois mille desseins horribles!
Du sang de votre fils qui vous rend altéré?

PHILIPPE.

Et toi, pourquoi pleurer sur ce sang abhorré?
Pour ce coupable fils, d'où naissent tes alarmes?
Quelle est la source impure où tu puises tes larmes?

ÉLISABETH.

Je donne à don Carlos les pleurs de la pitié.

PHILIPPE.

Tu l'aimes!

ÉLISABETH.

J'ai pour lui la plus tendre amitié.

PHILIPPE.

Amitié! ce mot-là par lui-même n'exprime
Rien qui soit criminel; mais, où sera le crime,
Là tomberont bientôt ma justice et la mort.

ÉLISABETH (à part).

Il a lu dans mon cœur et je prévois mon sort.

PHILIPPE.

Savez-vous ce que fait annoncer votre mère?

ÉLISABETH.

Je l'ignore, seigneur.

PHILIPPE.

Grâce au Roi votre frère,
D'un peuple d'ennemis Dieu vient d'être vengé.
Charles triomphe enfin sur l'impie égorgé.
Dans une seule nuit, par un massacre immense,
D'une secte maudite il a purgé la France.
Un exemple si beau n'est pas perdu pour moi,
Qui veux être et qui suis le vengeur de la foi.
Si je n'ai pu, mon Dieu, pour te rendre propice,
T'offrir d'un peuple entier le royal sacrifice,
Je prétends te livrer un sang si précieux,
Qu'il me fera trouver grâce devant tes yeux! (Il sort.)

8

SCÈNE XI.

ÉLISABETH, MARIE.

ÉLISABETH.

Il sait tout! don Carlos est pris, perdu!

MARIE.

Madame!

ÉLISABETH.

Son œil terrible a lu dans le fond de mon âme.
Qu'ai-je dit? m'est-il donc échappé quelque aveu?

MARIE.

Grand Dieu!

ÉLISABETH.

De ma terreur il se faisait un jeu.

MARIE.

Que redoutez-vous donc?

ÉLISABETH.

Rien!... oh rien!... Sur ma tête
Le coup que j'attendais va tomber... Je suis prête...

MARIE.

Vous me faites frémir!

ÉLISABETH.

Cet amour malheureux
Porte ses fruits enfin et nous perd tous les deux.

MARIE.

O mon Dieu!

ÉLISABETH.

Tu vas voir des choses effroyables.
Oui, Philippe a raison, oui, nous sommes coupables.
A présent qu'il sait tout, qui pourrait m'alarmer?
Qu'il se venge! il est temps... Oui, j'aime, j'ose aimer!
L'excès de la terreur me donne ce courage.
Le faible oiseau s'élance au milieu de l'orage;
Que ne peut un amour fort de son désespoir!

Je mourrai... mais non pas, Carlos, sans te revoir.
Appelle don Gusman.

MARIE.

Ah! maîtresse chérie!

ÉLISABETH.

Hâte-toi! nous n'avons qu'un moment!... Va, Marie!

FIN DU TROISIÈME ACTE.

ACTE IV.

Le théâtre représente l'intérieur du palais de l'inquisition. — Un grand rideau noir cache une partie de la scène. Des hommes vêtus de noir et voilés vont et viennent au fond du théâtre

SCÈNE I.

TORMÈS, FÉRIA.

FÉRIA.

Le seigneur don Tormès me fera-t-il l'honneur
D'accepter de ma gourde un coup?

TORMÈS.

De très grand cœur!
(Il boit.)
Seigneur don Féria, j'ai besoin de courage :
On dit que nous avons ce soir beaucoup d'ouvrage.

FÉRIA.

Bel ouvrage pour vous, ma foi! tâter le pouls!
Dans ces affaires-là le travail est pour nous,
Don Tormès.

TORMÈS.

Ah! seigneur, ma tâche est assez rude.
Qu'il faut d'attention, de tact et d'habitude
Pour régler les tourments qu'un homme peut souffrir,
Et pour faire qu'il touche à la mort sans mourir!
Lorsque les accusés que la torture accable

Meurent, vous n'êtes pas, comme nous, responsable ;
Enfin votre travail n'est que celui des mains.

FÉRIA.

Des mains ? que dites-vous, docteur ? Par tous les saints !
N'ai-je pas découvert trois tortures nouvelles,
Que l'on vient d'adopter, et qui sont plus cruelles
Que celles qu'inventa feu Perès d'Avila ?
Mon esprit n'a-t-il pas travaillé pour cela ?

TORMÈS.

Sans doute ! à vos talents j'aime à rendre justice ;
Vous avez obtenu, certes, dans votre office
Autant d'honneur qu'aucun de ceux qui l'ont rempli.

FÉRIA.

Vous êtes, pour le pouls, un docteur accompli.
Qu'avons-nous cette nuit ?

TORMÈS,

D'abord une sorcière,
Une juive qu'Alvar trouva la nuit dernière.
Je crois que nous pouvons compter sur son arrêt,
Et d'avance tenir le *san-benito* prêt.
Ensuite nous avons un très grand personnage,
Le marquis de Posa.

FÉRIA.

J'aurai donc l'avantage
De faire connaissance avec lui.

TORMÈS.

On prétend
Que c'est un hérétique, un suppôt de Satan.
Il ne voulait pas moins que renverser l'Église,
Détrôner le Saint-Père et, dans Rome conquise,
Établir l'Antéchrist.

FÉRIA.

Oh Dieu !

TORMÈS.

Dans ses complots
Il avait engagé le prince don Carlos.

8*

FÉRIA.

Le prince?

TORMÈS.

Il est ici.

FÉRIA.

Carlos! c'est incroyable!

TORMÈS.

Ici, dans nos cachots... Pourquoi pas? Le coupable,
Quelque rang qu'il occupe, est sujet à nos lois.
Est-ce que Dieu n'est pas plus puissant que les rois?

FÉRIA.

Le prince et le marquis! c'est une grande affaire.

TORMÈS.

Paix! j'entends la sonnette. On vient, il faut nous taire.
(Il regarde par la fente du rideau qu'il entr'ouvre.)
J'aperçois Cisnéros et Nunès avec lui.
La chambre du tourment sera chaude aujourd'hui.
On place le brasier, les crochets et la table.
Jésus! que l'hérésie est donc abominable!
Les juges sont assis... Entrons-nous, Féria?
(Rachel et Posa paraissent enchaînés.)

FÉRIA.

Le prince est-il ici?

TORMÈS.

Non.

SCÈNE II.

TORMÈS, FÉRIA, ALVAR, RACHEL, POSA *(ces deux
derniers au fond du théâtre).*

ALVAR *(en robe noire et le visage voilé, bas à Tormès et
à Féria).*

Ave Maria!

Le grand inquisiteur vous ordonne, mes frères,

D'employer aujourd'hui des tortures sévères,
Ce que vous connaissez, Féria, de plus fort;
Pour ces deux accusés, poussez jusqu'à la mort.
Le Roi sera présent; nous voulons qu'il frémisse
En voyant s'accomplir la divine justice.

TORNÈS.

Entrons!   (*Ils passent tous trois derrière le rideau.*)

SCÈNE III.

POSA, RACHEL.

RACHEL.

Pourquoi ces fers? je n'ai fait aucun mal.
Où va-t-on nous mener?

POSA.

Devant le tribunal
De l'inquisition.

RACHEL.

Pourquoi tout ce mystère?

POSA.

L'on prétend nous juger.

RACHEL.

On jugera, j'espère,
Que je suis innocente et que l'on s'est mépris.

POSA.

Hélas! que je vous plains? n'avez-vous rien appris
De ce qu'on vous impute?

RACHEL.

Oh! rien! La nuit dernière,
Il était tard, bien tard. Je faisais ma prière,
Je pleurais, regardant mon enfant endormi,
Ma cameriste auprès. Sous le nom d'un ami,
Un homme frappe, il entre, on m'arrête, on m'entraîne
Dans un cachot; mes mains reçoivent cette chaîne.
Je ne puis à cela, seigneur, rien concevoir.
Un homme, à l'air sinistre et tout vêtu de noir,

Ce matin, m'est venu parler de sortiléges,
De démons évoqués, de mythes sacriléges,
M'a dit de confesser d'horribles attentats,
Que je n'ai pas commis, que je ne connais pas.
Mais, puisqu'on va juger, on me rendra justice.

POSA.

Vous ne connaissez pas encor le saint office.
Pourquoi vous le cacher? quiconque entre en ce lieu,
Ne doit plus espérer justice que de Dieu.
Élevons notre cœur vers ce souverain Juge,
C'est notre unique espoir, c'est notre seul refuge.

RACHEL.

Hélas! que nous veut-on? de grâce! expliquez-vous.
Marchons-nous à la mort?

POSA.

      Mourir serait trop doux.
Il faut souffrir avant. Oh! malheureuse femme!
Que ne puis-je prêter les forces de mon âme
A l'horreur des tourments qu'il te faut endurer!

RACHEL.

Quoi donc? à quelle horreur dois-je me préparer?
Parlez, dites-moi tout, tout, je vous en conjure!

POSA.

Ici les accusés reçoivent la torture.

RACHEL.

La torture!... Qu'entends-je? ô Christ! est-ce ta loi
Qu'on veut exécuter maintenant contre moi?
Depuis que j'ai quitté le culte de mes pères,
Pour m'attacher au tien, je n'ai vu que misères,
Que douleurs. Je te veux abjurer!

POSA.

      A genoux!...
Vous blasphémez le Dieu qui s'immola pour vous,
Qui du sein des douleurs fait jaillir l'espérance,
Et qui montre les cieux ouverts à la souffrance!

RACHEL.

Ah! seigneur, pardonnez!

POSA.

Il prête son appui
Au faible qu'on opprime et qui s'attache à lui;
Il change les tourments et la mort en victoire,
Et de notre misère il nous fait une gloire.
Nous craignons de souffrir, il est mort sur la croix.

RACHEL (*à genoux*).

Ah! je reviens à lui... j'avais tort... je vous crois.
Homme trop généreux! votre voix, déjà chère,
Retentit dans mon cœur comme celle d'un frère.

POSA.

Un frère du martyre, un ami du malheur,
Un ami dévoué... Relevez-vous, ma sœur!
Cet instant nous unit pour la vie éternelle.

UN INQUISITEUR.

Fille d'Éléazar, Rachel!

POSA.

On vous appelle.

L'INQUISITEUR.

Don Rodrigue, marquis de Posa!

RACHEL.

Mes genoux
Se dérobent sous moi.

POSA.

Que ne puis-je pour vous
Me dévouer!

RACHEL.

Je sens une horreur inconnue.
Mon Dieu, pardonnez-moi, si mon heure est venue!

POSA.

Courage!

RACHEL.

Oui, courage! espoir! non ici-bas,
Mais là-haut, mais au Dieu qui raffermit mes pas,
M'exalte en son amour, me soutient et me donne
Un frère pour mourir, lorsque tout m'abandonne!

L'INQUISITEUR.

Le tribunal attend.

(*Posa et Rachel disparaissent derrière le rideau.*)

SCÈNE IV.

PHILIPPE, LE DUC D'ALBE, L'INQUISITEUR.

L'INQUISITEUR (*au Roi*).
Veuillez attendre ici.
(*Il se retire.*)

PHILIPPE.

Duc, d'une sainte horreur je sens mon cœur saisi.
Voilà le tribunal terrible, inexorable !
Que tout cet appareil est triste et redoutable !

D'ALBE.

Sire, moi, j'ai tant vu de sanglants tribunaux,
Et dans les Pays-Bas tant planté d'échafauds,
Qu'un spectacle pareil n'étonne plus ma vue.

PHILIPPE.

Pour moi, jusqu'à ce jour, c'était chose inconnue.
Le grand inquisiteur, retiré dans ces lieux,
Jamais, dans aucun temps, ne s'offrit à mes yeux.

D'ALBE.

Je viens de pénétrer dans sa demeure sombre.
Le vieillard devant moi s'est offert comme une ombre.
Après un siècle entier, il semble que le temps
N'ose plus l'effacer du nombre des vivants.
Les passions de l'homme et le vain bruit du monde
Ne vont point agiter sa retraite profonde.
Il ignorait mon nom. Lorsqu'on l'a prononcé,
Sur son visage austère un sourire a passé.
Il m'a félicité du sang que, dans la Flandre,
Pour la cause de Dieu, mon bras vient de répandre ;
Mais humblement j'ai dû rapporter ces succès
Au Ciel, à vous surtout, à qui j'obéissais.
Il va venir ici... Mais c'est lui qui s'avance.
(*Le duc d'Albe sort.*)

SCÈNE V.

PHILIPPE, LE GRAND INQUISITEUR.

LE GRAND INQUISITEUR.

Philippe, roi d'Espagne, est donc en ma présence !

PHILIPPE.

Oui, mon père... On a mis dans vos mains les écrits
Qui sont la preuve, hélas ! des crimes de mon fils ?

LE GRAND INQUISITEUR.

Les voici ! quel malheur pour un roi catholique
D'avoir pour héritier, pour fils, un hérétique,
De l'Église et de Dieu l'implacable ennemi !

PHILIPPE.

Qu'en secret j'ai souffert, que j'ai longtemps gémi,
Avant de dénoncer son crime au saint office !
Et maintenant encor j'ai peur de ma justice.
Père, puis-je livrer mon fils au fer des lois ?

LE GRAND INQUISITEUR.

A la voix du Seigneur, Abraham, autrefois,
Plaçant sur le bûcher son fils exempt de crime,
D'un fer obéissant menaça la victime.
Le Roi de tous les Rois, Dieu même, n'a-t-il pas
De son fils innocent ordonné le trépas ?
Il prit, pour nos péchés, cette victime auguste,
Et la terre tremblante a bu le sang du juste.

PHILIPPE.

C'est vous qui jugerez ?

LE GRAND INQUISITEUR.

        Nous nous chargeons de tout.

PHILIPPE.

L'Église m'absoudra ?

LE GRAND INQUISITEUR.

        Dieu même vous absout.

PHILIPPE.

L'Europe va blâmer le monarque et le père ?

LE GRAND INQUISITEUR.

Que l'Europe murmure avec toute la terre,
Que nous importe! Dieu, contre leurs ennemis,
Sait protéger les rois à l'Église soumis.

PHILIPPE.

Mon fils est hérétique et Dieu veut donc qu'il meure?

LE GRAND INQUISITEUR.

Le tribunal aura prononcé dans une heure.

PHILIPPE.

D'où viennent ces cris sourds et ces gémissements?

LE GRAND INQUISITEUR.

L'impie interrogé répond dans les tourments.
Regardez!

*(Le grand inquisiteur entr'ouvre le rideau qui cache
le tribunal. Le Roi regarde par l'ouverture.)*

PHILIPPE.

   Quel spectacle!... ô ciel!... par Notre-Dame!
Mon père, à la torture on soumet une femme!

LE GRAND INQUISITEUR.

Elle est juive et sorcière.

PHILIPPE.

   O Dieu! préserve-nous!
Ses tourments sont affreux! Mon père, croyez-vous
Que l'homme doive ainsi torturer son semblable?

LE GRAND INQUISITEUR.

Le juge est obligé de punir le coupable.

PHILIPPE.

Quelquefois un remords dans mon sein s'est glissé,
En voyant tant de sang dans la Flandre versé,
Pour soutenir la foi, pour défendre l'Église.
Mon père, êtes-vous sûr que le ciel m'autorise
A verser, pour cela, le sang de mes sujets?
La loi de l'Évangile est une loi de paix.

LE GRAND INQUISITEUR.

Sans doute! mais il faut qu'elle soit respectée.
Car, cette loi de paix, dès qu'elle est contestée,
Dès que chacun, saisi de son texte sacré,
Prétend l'interpréter, l'appliquer à son gré,
Devient de toutes parts un prétexte à la guerre.
Il faut, pour l'expliquer, un pouvoir qu'on révère,
A qui tout soit soumis, les peuples et les rois,
Qui règle les devoirs, qui limite les droits,
Tel enfin que celui du pontife de Rome.
Tout serait, sans cela, confusion : chaque homme,
Échappé des liens de la commune loi,
Ne reconnaîtrait plus d'autre maître que soi.
Dieu veut l'ordre, mon fils, il proscrit la licence ;
Tous les devoirs humains sont dans l'obéissance ;
Pour le bien général, devant l'autorité,
Chacun doit prosterner sa propre volonté,
Et même sa raison, qui, toujours vacillante,
Est, en chaque mortel, contraire ou différente.
Il n'est plus ni pouvoir, ni règle, sans la foi ;
Il faut la maintenir ou cesser d'être roi.

PHILIPPE.

Je l'ai pensé toujours... Oh ! Dieu ! la juive est morte !
Plus de cris... elle tombe immobile... on l'emporte.
Quelqu'un parle, écoutons!... c'est la voix du marquis !
Il subit la torture... on fait entrer mon fils...
Il voit souffrir Posa... Mon père ! c'est horrible !
Voyez! à la douleur cet homme est insensible.
Pas un cri, pas un mot!

LE GRAND INQUISITEUR.

On le fera parler.

PHILIPPE.

Oui, mon père, qu'il parle !... il peut tout révéler.
Il sait tout... redoublez ses tourments... qu'il s'explique !

LE GRAND INQUISITEUR.

Sur quoi ?

9

PHILIPPE.

Sur ses complots... sur la foi catholique...
Sur des soupçons que j'ai... sur d'infâmes secrets...
Si, sans être connu, je pouvais de plus près
L'entendre, et diriger son interrogatoire?

LE GRAND INQUISITEUR.

Suivez-moi! couvrez-vous de cette robe noire.

PHILIPPE (*mettant la robe et le capuchon qui lui couvre la figure*).

Oui, je veux obtenir ses aveux à tout prix.
C'est le seul confident des secrets de mon fils.
Lui seul peut dévoiler un horrible mystère.

(*Ils passent tous deux derrière le rideau.—La scène change et représente un vaste souterrain. Posa et Rachel sont couchés à terre mourants.*)

SCÈNE VI.

POSA, RACHEL.

RACHEL.

Hélas! qu'ils sont cruels! que j'ai souffert, mon frère!
Mais mon corps à présent ne sent plus de douleurs?
Cette pierre glacée est comme un lit de fleurs;
J'entends de saints accords, mon âme en est ravie.
C'est la mort, ou plutôt c'est l'éternelle vie!
J'y vais entrer.

POSA.

Et moi, ma sœur, dans un instant
Je ne souffrirai plus.

RACHEL.

Venez! Dieu nous attend!
Un ange au doux regard me touche de son aile.
Fille d'Éléazar, Rachel! l'ange m'appelle.
Le marquis de Posa!... venez! c'est votre nom.

POSA.

L'excès de la douleur a troublé sa raison ;
On peut-être que Dieu se révèle à son âme.

(*La porte s'ouvre. Alvar montre sa tête qu'il retire
aussitôt.—Carlos se précipite dans le souterrain.*)

RACHEL.

Je te pardonne, Alvar !

SCÈNE VII.

DON CARLOS, RACHEL, POSA.

DON CARLOS (*à ceux qui sont vers la porte*).
Oh ! tribunal infâme !
Je brave tes arrêts et tous les coups du sort !
Vous m'avez fait souffrir, cruels ! plus que la mort.

(*S'adressant à Posa.*)
Posa, tu vis encore, et j'ai vu ton supplice.
O généreux ami, dis-moi quel sacrifice
D'un si grand dévoûment peut m'acquitter jamais ?
Quand tu vivrais encore, et quand je régnerais,
Le pouvoir de mon père et son empire immense
Ne pourraient pas suffire à ma reconnaissance.
Ma main peut donc encore, ami, presser ta main.
Pour avoir mes secrets ils t'ont promis en vain
Ta grâce... ils n'ont pas pu t'arracher ton silence,
Et triompher d'un cœur plus fort que la souffrance.
Ah ! s'il se fût agi de moi, j'aurais parlé ;
Trop heureux de périr, j'aurais tout révélé ;
Mais cet objet si cher, bien plus cher que moi-même,
Plus cher que mon salut !

POSA.
Prince, point de blasphème !
Considérez le temps, le spectacle, le lieu,
La mort de tous côtés !... ne songeons plus qu'à Dieu.

DON CARLOS.
Oh ! oui, tu vas mourir... et moi je vais te suivre.

Ne me crois pas assez lâche pour vouloir vivre...
Je voudrais être toi. Donne-moi tes douleurs,
Laisse-moi t'embrasser, te baigner de mes pleurs,
Te voir tant que tu vis...

POSA.

Prince, que je regrette
La couronne des rois promise à votre tête !
Vous eussiez été grand.

RACHEL.

Un prince ? qu'est cela ?
Quel est l'homme qui parle à mon frère Posa ?

DON CARLOS.

C'est don Carlos.

RACHEL.

Je laisse un enfant sur la terre :
Prenez pitié de lui ? l'enfant n'a plus de mère !

CARLOS.

Hélas ? je ne puis rien.

RACHEL.

Dieu sera son appui.
Lève, pauvre orphelin, tes jeunes mains vers lui.
Tu ne me verras plus ! ma tâche est terminée !
Adieu, mon frère !

POSA

Adieu, ma sœur !

DON CARLOS.

L'infortunée !
Elle a cessé de vivre.

POSA.

Ou plutôt de souffrir.
Je sens que je la suis... Ce n'est rien de mourir ;
Mais ces projets formés pour le bonheur du monde,
Les voir ensevelis dans une nuit profonde !
Peuples infortunés que je voulais sauver !
Je tombe sur mon œuvre et ne puis l'achever.
Ainsi que moi, pour vous, d'autres mourront encore :

Mais de la liberté déjà brille l'aurore ;
Je tombe sans regrets. Dans l'avenir je vois
Les peuples prospérer sous de plus justes lois.
Mon Dieu! je suis content!...

DON CARLOS.

> O mort grande et paisible!

L'aurais-je cru jamais, que, ce spectacle horrible,
Mes yeux pourraient le voir sans être épouvantés!
Je suis seul, sans amis! la mort de tous côtés!
De mon cadavre ici la place est désignée.
Je suis calme pourtant; mon âme résignée
Dans ce monde n'espère et ne regrette rien.
Cher Posa, mon trépas sera digne du tien.

SCÈNE VIII.

DON CARLOS, ÉLISABETH (*déguisée en inquisiteur*),
GUSMAN (*de même*).

DON CARLOS.

Qui s'avance?

GUSMAN (*bas à Elisabeth*).

C'est lui! ne tremblez pas, madame.

ÉLISABETH (*bas à Gusman en regardant les cadavres de
Posa et de Rachel*).

Que vois-je?

GUSMAN (*bas à Élisabeth*).

C'est Posa! c'est le corps d'une femme!

ÉLISABETH.

Où sommes-nous? Carlos, est-ce vous que je vois?

DON CARLOS.

O ciel! je reconnais le son de cette voix
Et ces traits! N'est-ce pas un ange secourable?

ÉLISABETH.

Un ange! non; ce n'est qu'une femme coupable,
Conduite par l'amour et par le désespoir.

Mais vous allez mourir : j'ai dû... je veux vous voir...
Et je viens.

DON CARLOS.

Oh! bonheur! maintenant, que je meure!
Je vous tiens sur mon cœur, ici. Ma dernière heure
Vaut mieux qu'un règne entier heureux et florissant.
Pour m'arracher ce bien Philippe est impuissant.
Comment, dans cet abîme en secret descendue,
Parviens-tu jusqu'à moi?

ÉLISABETH.

Carlos, je suis perdue!

Que puis-je craindre?

DON CARLOS.

O ciel!

ÉLISABETH.

Sois calme, écoute-moi!

Ton arrêt est rendu : tu vas mourir! le Roi
Veut ton sang.

DON CARLOS.

Je le sais.

ÉLISABETH.

Ce n'est pas tout : moi-même
Je vais dans le tombeau descendre aussi. Je t'aime,
Le Roi le sait; j'ai lu dans ses regards mon sort.
Tu sais bien qu'un soupçon de ce roi, c'est la mort.
J'en suis sûre, et tant mieux! oui, tant mieux! plus de
De soupirs retenus, de cruelle contrainte!   [crainte,
Mon crime, il le connaît... Ah! connais donc aussi
A quel point tu m'es cher! Carlos, je suis ici!

DON CARLOS.

Qui m'eût dit que le sort me gardait cette joie,
Au comble du malheur? Ah! viens, que je te voie!
C'est donc toi! non jamais, je n'ai cru de si près
Voir l'éclat de tes yeux, ton front, les nobles traits!
Je suis ivre d'amour!

ELISABETH.

                    Carlos, que cette ivresse
Soit digne de nous deux, soit pure, sans faiblesse.
Promène tes regards sur ces murs ténébreux,
Sur ces témoins muets, sur ces objets affreux :
Tout nous dit d'accomplir le dernier sacrifice.
L'hymen nous sépara, que la mort nous unisse!
  (*Présentant un poignard à don Carlos.*)
Prends ce fer!

DON CARLOS.

        Et pourquoi ?

ÉLISABETH.

                        Point de lâche terreur!

DON CARLOS.

Qu'ordonnes-tu ?

ÉLISABETH.

                    Voici la place de mon cœur!
Des coups qu'il faut frapper, ami, voici la place!
Préviens Philippe.

DON CARLOS.

        Oh! ciel !

ÉLISABETH.

                    Aurais-tu moins d'audace
Qu'une femme ? Échappons à Philippe tous deux.
Cachons-nous dans le sein de la mort.

DON CARLOS.

                            Tu le veux ?
Ta résolution me trouble, me transporte !

ÉLISABETH.

Frappe-moi la première, et, quand je serai morte,
Meurs aussi !

DON CARLOS.

        Donne-moi ce fer libérateur.

ÉLISABETH.

Ton bras est fort et sûr; frappe! je n'ai plus peur.
Pour l'éternel hymen, époux, je te réclame.

Prends-moi, je t'appartiens... Je sens déjà mon âme
Se mêler à la tienne. Ame de mon époux,
Je suis toi désormais... plus d'obstacle entre nous !
L'infini de l'amour à mes yeux se déploie :
J'avais soif de la mort : c'est ma première joie !

DON CARLOS.

Eh bien ! soyons unis, dans le Ciel, dans l'enfer !
Il n'importe ! partout je te suivrai... Ce fer
Va river à l'instant notre chaîne éternelle.

ÉLISABETH.

Grand Dieu, pardonne-nous !

DON CARLOS (s'adressant au cadavre de Posa,.

Ami noble et fidèle !

Dans ce juste dessein ne m'approuves-tu pas ?
Éclaire-moi, réponds des gouffres du trépas ;
Réponds du haut des cieux où ton âme s'élance !...
Mais tu n'as plus de voix, abîme du silence ;
C'est au fond de mon cœur qu'il faut te consulter.
Là résonnent les mots que, prêt à me quitter,
Ta bouche a prononcés. Sous cette voûte obscure,
De ta mourante voix j'entends le saint murmure,
Je revois ton trépas, plein d'espoir, calme, doux ;
Tu parlais de vertu, de dévoûment ; et nous,
Insensés, criminels, nous quittons notre tâche,
Nous craignons de souffrir !... non, je serais un lâche !
Femme, de nos devoirs reprenons le fardeau.
Des reines, à ton front, rattache le bandeau.
A Philippe irrité va rendre sa victime.
Sache souffrir !... Et toi, vil instrument du crime,

(Il jette le poignard.)

Ne souille plus mes mains.

ÉLISABETH (se jetant à genoux).

Carlos, pitié pour moi !

Je suis donc bien coupable ! oh ! mon Dieu !

DON CARLOS.

Lève-toi !

Lève-toi!! tes sanglots brisent mon cœur... Je t'aime
Plus que tout l'univers, que Posa, que moi-même;
Mais mon amour n'est pas à ce point criminel
De vouloir t'entraîner dans l'abîme éternel.
Tu peux te repentir, vivre, régner encore.
A mon tour, maintenant, prosterné, je t'implore!
Cherche à sauver tes jours, sors vite de ce lieu,
Va-t'en! je vais bientôt paraître devant Dieu;
Je dois songer à lui.

ÉLISABETH.

Quel est ce bruit?

DON CARLOS.

Silence!

ÉLISABETH.

Qu'est-ce?

DON CALOS.

La porte s'ouvre, on entre, l'on s'avance.
Cachez-vous!

(Élisabeth se retire au fond du souterrain et se
couvre la tête avec son capuchon.)

SCÈNE IX.

DON CARLOS, ÉLISABETH, PHILIPPE (toujours dé-
guisé en inquisiteur), LE GRAND INQUISITEUR, GUSMAN
(qui reste près de la porte).

PHILIPPE (regardant le corps de Posa).
Qu'est cela?

LE GRAND INQUISITEUR.

C'est le corps du marquis,
C'est la juive.

PHILIPPE (bas au grand inquisiteur).
Ils sont morts!

LE GRAND INQUISITEUR (bas à Philippe).
Vous voyez votre fils.

9*

PHILIPPE (*bas au grand inquisiteur*).

Il faut bien compatir, mon père, à ma faiblesse :
L'excès de son malheur ranime ma tendresse.
S'il pouvait confesser ses torts, se repentir,
S'humilier, je crois qu'on pourrait consentir
A le laisser ici, pénitent solitaire,
Vivre, gardé par vous, dans un profond mystère.
Mon père, parlez-lui.

LE GRAND INQUISITEUR.

Vous l'avez entendu :
Par le saint tribunal votre arrêt est rendu,
Prince, et l'Église voit, tranquille et triomphante,
Expirer à ses pieds votre haine impuissante.

PHILIPPE (*bas au grand inquisiteur*).

Mon père, laissez-là, pour un moment, la foi.
De grâce, parlez-lui de ses torts envers moi,
De son coupable amour; mais paix! on nous écoute.
Quelqu'un se cache ici, dans l'ombre.

LE GRAND INQUISITEUR.

C'est sans doute
L'un de nos officiers.

PHILIPPE (*s'approchant d'Élisabeth*).

Fort bien! je veux savoir
Ce qu'il est, ce qu'il fait... (*A Élisabeth*) ôtez ce voile noir.
(*Il soulève le capuchon.*)
Montrez-vous... Je le veux!

ÉLISABETH.

Engloutis-nous, ô terre !

PHILIPPE (*à part*).

C'est elle!

ÉLISABETH.

C'est le Roi!

DON CARLOS (*à part*).

C'est la voix de mon père !

PHILIPPE (*bas à Élisabeth*).

Sortez !

LE GRAND INQUISITEUR (*bas à Philippe*).

Quel est cet homme ? avec quelque embarras
Il semble m'éviter.

PHILIPPE.

Je ne le connais pas :
Qu'il s'éloigne, il suffit !

DON CARLOS (*à part*).

Sans être reconnue,
Elle a pu s'éloigner... La voici parvenue
Auprès de don Guzman. Oh mon Dieu ! quel effroi !
Philippe était ici, Philippe entre elle et moi !

SCÈNE X.

PHILIPPE, LE GRAND INQUISITEUR, DON CARLOS.

LE GRAND INQUISITEUR (*bas à Philippe*).
Ainsi, sur son amour vous voulez qu'il s'explique.

PHILIPPE (*bas au grand inquisiteur*).
Qui ? moi ! je ne veux rien ; n'est-il pas hérétique ?
N'est-il pas condamné ?

LE GRAND INQUISITEUR (*bas à Philippe*).

Montrez moins de courroux.
Sortons ! Mais vous tremblez... Sire, que craignez-vous ?

PHILIPPE.

Moi, craindre ! don Fernand, pourquoi donc ? Dans une
Que l'arrêt de mon fils s'exécute. Qu'il meure ! [heure,
J'y consens, je le veux !

LE GRAND INQUISITEUR.

Vous le voulez ? Le Roi
N'a pas d'ordre à donner en matière de foi.

PHILIPPE.

Vieillard, qui que tu sois, n'importe, saint ou diable !
C'est moi, le Roi, qui veux la mort de ce coupable.
Je commande, obéis ! obéis ! ou soudain.
Ces murs s'écrouleront au signe de ma main.

LE GRAND INQUISITEUR.

O mon fils! et c'est toi qui me tiens ce langage!
Toi, notre fils chéri!

PHILIPPE (à part, regardant don Carlos).

Si j'écoutais ma rage,
Moi-même, avec ce fer... Oh! qu'ils m'ont fait souffrir!
(Bas à don Carlos.)
Tu me reconnais?

DON CARLOS.

Oui.

PHILIPPE.

Tu sais qu'il faut mourir?

DON CARLOS.

Je suis prêt.

PHILIPPE.

Je sais tout, j'ai tout vu, vu moi-même.
La trahison! l'inceste! oh! justice suprême!
Tu livres à mes coups ces deux serpents unis.
Ils seront écrasés. Mon Dieu! je te bénis!

DON CARLOS.

Elle est pure, elle est pure, à son devoir fidèle,
Je le jure!

PHILIPPE.

Tais-toi! j'ai tout vu. C'était elle!
Mais je vous tiens tous deux dans mes mains.

DON CARLOS (haut).

Quelle horreur!
Elle mourra, mon Dieu! La rage est dans mon cœur.
Ma résignation m'est enfin échappée.
Quoi! mourir tous les deux sans vengeance!... une épée!
Un moment à mes mains rendez la liberté...
Je mourrai, mais du moins je l'aurai mérité.

PHILIPPE (appelant ses gardes).

Gardes!

LE GRAND INQUISITEUR (à Philippe).

Qu'as-tu donc fait, ô Roi, de la prudence?

(Bas à don Carlos.)
Et toi, de ces transports calme la violence ;
Cherche le repentir. Dieu frappe sagement :
Il ne sert point les rois dans leur ressentiment.

(Les officiers de l'inquisition emmènent don Carlos.
Philippe et le grand inquisiteur sortent.)

FIN DU QUATRIÈME ACTE.

ACTE V.

SCÈNE I.

PHILIPPE, ALVAR.

PHILIPPE.

Ainsi, je ne suis pas encore vengé ?

ALVAR.

Non, sire !
Le grand inquisiteur m'a chargé de vous dire
Qu'il ne peut, pour un crime étranger à la foi,
Prêter le glaive saint aux vengeances du Roi.
Le ciel n'a pas remis ce glaive au saint office
Pour servir d'instrument à l'humaine justice.

PHILIPPE.

Que me veut à présent ce vieillard obstiné ?
Quel caprice ! Carlos n'est-il pas condamné ?
Ne doit-il pas subir la mort comme hérétique ?

ALVAR.

Oui, sire ; mais alors sa mort serait publique,
Et, du *san-benito* honteusement coiffé,
Il devrait figurer dans un auto-da-fé.
Nous avons, sur ce point, une règle sévère.

PHILIPPE.

Par saint Jacques! l'on cherche à tenter ma colère.
Cette inquisition, qui devrait bien savoir
Qu'elle tient de moi seul sa force et son pouvoir,
A me mettre en tutelle insolemment aspire.
Je suis roi, nous verrons!

ALVAR.

Prenez-y garde, sire :
L'Église est plus puissante en Espagne que vous.
Mais, de son ascendant au lieu d'être jaloux,
Songez que, dans sa sainte et solide alliance,
Contre tous vos sujets vous trouvez assistance,
Que du sceptre en vos mains elle allége le poids,
Met votre bon plaisir à la place des lois,
Et qu'elle vous soumet, par l'amour et la crainte,
Les peuples attentifs à sa parole sainte.
Elle vous sert bien mieux, sire, que vos soldats.

PHILIPPE.

Est-ce donc me servir que ne m'obéir pas?
Elle avait de mon fils ordonné le supplice,
Et lorsque je lui dis : frappez! faites justice!
Elle retient ses coups de peur de me venger.
Et je le souffrirais!

ALVAR.

Tout pourrait s'arranger,
Sire. N'êtes-vous pas aussi puissant que juste?
S'il vous plaît que la mort frappe une tête auguste,
Vous n'avez pas besoin de nos inquisiteurs :
Vos ordres trouveront d'autres exécuteurs.

PHILIPPE.

Oui, c'est cela : tu veux qu'à la face du monde,
Par mes ordres versé, le sang d'un fils m'inonde,
Qu'on m'appelle partout l'assassin de mon fils?

ALVAR.

Je ne dis pas cela.

PHILIPPE.

Qu'est-ce donc que tu dis?

ALVAR.

Rien, sire.

PHILIPPE.

Non, je veux connaître ta pensée.
Tu lis jusques au fond de mon âme offensée :
Tu sais que je ne puis, sans exposer l'État,
Mon honneur et mes jours au plus grand attentat,
Laisser un jour de plus vivre ce misérable,
Mais qu'il ne convient pas que je sois responsable
De sa perte.

ALVAR.

Je sais ce qu'il faut ménager;
Je sais que vous devez demeurer étranger
Au coup que porterait en secret la justice;
Mais, sire, supposons que le prince périsse
Par l'effet du hasard... Ne peut-il arriver
Que, dès cette nuit même, il cherche à se sauver
De sa prison?

PHILIPPE.

Eh bien?

ALVAR.

S'il tente l'aventure,
Et si dans des périls qu'accroît la nuit obscure,
Un accident, soudain, lui fait trouver la mort,
Qui peut être accusé?... ce n'est pas vous. Le sort,
Ou bien du fugitif la fatale imprudence,
A tous vos détracteurs imposeront silence.

PHILIPPE.

Alvar, si tu dis vrai, si ton zèle prudent
Amène avant le jour cet heureux accident,
Des trésors qu'épuisa ta prodigue jeunesse
Tu verras sous tes mains renaître la richesse.
Tu peux monter bien haut : Naples, dans ce moment,
N'a pas de vice-roi.

ALVAR.

Sire, mon dévoûment
Vous est acquis. Je vais d'abord, avec prudence,
Du grand inquisiteur apaiser l'exigence,
Lui dire qu'à présent le courroux paternel
Ne lui demande plus la mort du criminel,
Pourvu que, retenu dans une prison sainte,
Ce fils audacieux n'inspire plus de crainte;
Je dirai ce qu'il faut. Confiez-vous à moi,
Sire, et vous apprendrez que je sers bien mon Roi.
Vous êtes décidé?

PHILIPPE.

Tu me connais sans doute :
Ma résolution prise, quoi qu'il m'en coûte,
Rien ne peut la changer.

ALVAR.

Vous serez satisfait.

SCÈNE II.

PHILIPPE (seul).

Que ne puis-je égaler le supplice au forfait!
Quelle est donc la fureur de l'amour qu'il inspire!
De cette reine, ô Dieu! quel est donc le délire!
Quoi! ces voiles de deuil, ces cachots ténébreux,
Ces cadavres ont vu leurs transports amoureux!
Les dangers et l'horreur de ce lieu redoutable
N'ont pas fait reculer cette femme coupable!
Sa téméraire ardeur ne connaît point d'effroi!
Elle, qui fut toujours de glace devant moi,
Elle, qui fut toujours et timide et modeste,
Descendrait aux enfers pour s'enivrer d'inceste!
Comment me pourrait-elle aimer, moi qui vieillis,
Dont le front est ridé, dont les cheveux sont gris,
Et dont le rival est jeune?... Malheur sur elle!

Je ne souffrirai plus qu'elle soit jeune et belle.
Son crime la flétrit... Désormais je la voi,
Dans la terreur courbée et plus vieille que moi,
Décliner promptement vers son heure suprême.
Mais, avant d'expirer, que de celui qu'elle aime
Elle pleure la mort, que son affreux tourment
Apporte à ma douleur quelque soulagement!
Chaque jour j'accroîtrai le poids de sa misère,
Je tiendrai dans ma main ses jours comme un rosaire,
Et je les compterai grain par grain sous mes doigts,
Jusqu'au terme fatal marqué par une croix.
Je punirai, mon Dieu ! cette femme impudique.
Oui, tu seras vengé de ce couple hérétique.
C'est toi qui me conduis, je ne suis dans ta main
Que l'aveugle instrument, que le marteau d'airain ;
Tu me pousses, je frappe, et sous mes coups je brise
Les cœurs dont la révolte outrage ton Église.

SCÈNE III.

PHILIPPE, le Duc D'ALBE.

D'ALBE.

De Pax vient d'arriver, sire: les Pays-Bas
Sont en feu ; la révolte assiége vos soldats ;
Guillaume tient la mer, et ses barques légères
Osent, sur la Baltique, attaquer vos galères.
Que je suis malheureux d'avoir abandonné
La Flandre en ce moment !

PHILIPPE.

        Je vous ai pardonné.
Faites sentir ma force à ce peuple coupable :
Que mon sceptre de fer dans votre main l'accable ;
Retrempez dans le sang mes pouvoirs envahis,
Et changez, s'il le faut, en désert ce pays.
Avertissez Gomès : qu'il parte pour la France.

Faites au Vatican savoir en diligence
Ce que l'on fait ici pour l'Église... Demain,
Du palais d'Aranjuez la cour prend le chemin.
Que l'on fasse avertir Eboly, la duchesse,
Que la reine soit prête, et qu'on dise la messe,
Avant l'aube du jour... Malgré l'arrêt de mort,
D'Albe, je laisse vivre un fils ingrat... J'ai tort,
N'est-ce pas? Pardonnez aux faiblesses d'un père.
Il sera prisonnier. Le repentir, j'espère,
Avec le temps pourra pénétrer dans son cœur.
Ma cause est sainte; allez! Dieu vous rendra vainqueur.
Cet esprit novateur, que le siècle déchaîne,
Bouillonne autour de nous, grossit sans cesse, entraîne
Les États submergés par son flot conquérant;
C'est à moi d'imposer une digue au torrent,
C'est à moi d'enchaîner cette vaste tempête.
Que des peuples émus le mouvement s'arrête,
Qu'ils demeurent courbés, et que Philippe deux,
Dans les siècles futurs, pèse encore sur eux!
Vous, quand vous punirez en mon nom la Belgique,
Songez bien que Philippe est le roi catholique.

(*Ils sortent.—Le théâtre change et représente
l'intérieur d'une tour.*)

SCÈNE IV.

DON CARLOS, ALVAR.

DON CARLOS.

Montés si haut déjà, faut-il encor monter?

ALVAR.

Mon prince, nous allons ici nous arrêter.

DON CARLOS.

Pourquoi, dans cette tour, me conduis-tu, perfide?
Hâte-toi d'accomplir ton projet homicide...
Eh bien! s'il faut mourir, je suis prêt, me voici!

ALVAR.

Je suis un misérable, et je vous ai trahi,
Prince ; mais j'en éprouve un repentir sincère,
Un remords déchirant, une douleur amère.

DON CARLOS.

Oui, tu dois être en proie à d'horribles remords.
Qu'as-tu fait de Posa, de Rachel?... ils sont morts.

ALVAR

Je ne prévoyais pas, mon prince, que la vie
Du généreux Posa pourrait être ravie.
Pauvre Rachel! combien sur mes torts j'ai pleuré !
Mais de mon repentir l'effort désespéré
N'a pas pu l'arracher des mains du saint office.

DON CARLOS.

Je te crois de sa mort l'auteur ou le complice.

ALVAR.

Hélas! trahi par moi, vous avez trop, seigneur,
Le droit de me juger avec cette rigueur ;
Mais, si mon crime est grand, souffrez que je l'expie,
En m'exposant pour vous, en vous sauvant la vie.

(Il détache la chaîne des mains de don Carlos.)

DON CARLOS.

Je croirais avilir le reste de mes jours,
Si, pour les conserver, j'acceptais ton secours.

ALVAR.

Votre courroux est-il à ce point implacable?
N'est-il point de pardon pour les pleurs d'un coupable?

DON CARLOS.

Mon cœur, qui sans regret se dévoue au trépas,
Pardonne même à ceux qui ne pardonnent pas.

ALVAR.

Ces sentiments sont grands, prince, je veux y croire ;
Mais ne vaut-il pas mieux fuir une mort sans gloire
Et conserver vos jours pour les perdre à propos,
Que de tomber sans bruit dans l'ombre des cachots?
Quel prix attachez-vous à ce trépas stérile?

Tant qu'un homme peut être à son semblable utile,
Il doit tâcher de vivre. Et qui peut deviner
A quel avenir Dieu voudra vous destiner ?
Peut-être, en ses décrets, le sort d'un peuple immense,
Le sort du monde entier tient à votre existence,
Et je suis l'instrument qu'il choisit pour sauver
Celui qu'à ses desseins il prétend réserver.
L'homme qui doit un jour porter le diadême
Appartient à son peuple et non pas à lui-même.

DON CARLOS.

S'il était vrai ! si Dieu réservait à mes mains
De travailler un jour au bonheur des humains !
Dussé-je vivre errant, proscrit et misérable,
J'accepterais l'appui de ta main méprisable ;
Je dirais : sauve moi !

ALVAR (*ouvrant la croisée et faisant approher don Carlos*).

Regardez ! cette tour
S'élève solitaire à l'angle d'une cour.
De ce côté, votre œil peut distinguer dans l'ombre
Des arbres du Prado la masse vaste et sombre.
Ce mur ferme la ville : il joint, de ce côté,
Les vastes champs ouverts... les champs, la liberté.

DON CARLOS.

Oui, j'aperçois les champs, le palais et la ville.
Comme la lune luit ! comme tout est tranquille !
Ah ! laisse-moi sentir ce vent délicieux,
Cette fraîcheur des nuits, revoir ces vastes cieux,
Ces astres éclatants qui, dans l'espace immense,
Du Dieu qui les créa proclament la puissance !

ALVAR.

Pour la dernière fois, voulez-vous donc les voir ?

DON CARLOS.

N'es-tu pas un démon ? donne-moi le pouvoir
De sortir de ces murs. Tout l'univers m'appelle ;
Prête-moi, dans les airs, le vol de l'hirondelle,

Que je puisse chercher, revoir un seul moment
De ce monde si beau le plus bel ornement!

ALVAR.

Je ne puis vous porter sur une aile rapide ;
Mais j'ai, ce qui vaut mieux, une échelle solide
Qui descend par ici jusqu'au pied de la tour,
Cette clef pour ouvrir la porte de la cour,
Montigny qui se tient auprès de cette porte,
Brédérode avec lui, des chevaux, une escorte,
La campagne sans borne et les chemins ouverts.

DON CARLOS.

Montigny! Brédérode!... Ainsi tous nos revers
Pourraient se réparer! Pendant que la vengeance
Creuse ici mon tombeau, je fuirais en silence,
Et tout à coup, frappant l'écho des bords lointains,
Mes cris assembleraient les peuples incertains!
Ils accourraient vers moi, terribles, tous en armes!
Philippe tremblerait!... O Dieu! je sens des larmes,
Je sens un vague espoir... Rejoignons mes amis ;
Ils ont droit de compter sur moi tant que je vis.

(Il examine la hauteur du mur.)

Mais pourrai-je descendre au fond de cet abîme?

(Il regarde Alvar d'un air soupçonneux.)

Puis-je me confier à toi? Le sceau du crime
Est empreint sur ton front : j'y lis la trahison.

ALVAR.

Eh bien! de par l'enfer! demeurez en prison.
Vous savez quel destin vous attend. Dans une heure,
Tout sera terminé.

DON CARLOS.

                    Puisqu'il faut que je meure,
Le chemin le plus court est aussi le meilleur.
Je descends.

ALVAR (remettant la clef à don Carlos).

              Hâtez-vous, mon prince, n'ayez peur,
Je vous réponds de tout.

DON CARLOS (*passant en dehors de la croisée*).

Allons ! soit que je vive
Ou que je meure, Alvar, enfin, quoi qu'il m'arrive,
Je te pardonne, adieu !

(*Don Carlos disparaît par la croisée.*)

SCÈNE V.

ALVAR (*seul*).

Ce pardon me fait mal :
Je ne puis le sauver... voici l'instant fatal !

(*Il détache l'échelle de corde.*)

C'est le roi qui l'ordonne... Allons ! tout s'exécute
Comme je l'ai prévu... Quel cri ! j'entends sa chute...

(*Il regarde par la fenêtre et revient.*)

Tout se tait... il est mort... bientôt on va trouver
Son corps... il a péri cherchant à se sauver :
Voilà ce qu'on va dire ; et, ma foi, le bon père
Sera de l'accident reconnaissant, j'espère.
Par lui, l'or du Mexique, à mon gré, va rouler,
Dans la prospérité tous mes jours vont couler...

(*Il est saisi d'une sorte de délire.*)

Compte ces piastres d'or d'une main diligente,
Trésorier, ma grandesse a droit d'être exigeante.
Tout va bien ! les honneurs couronnent mes travaux,
Philippe me protége, il sait ce que je vaux.
Le mal reste caché. Ceux qui sont morts se taisent ;
L'oubli sert d'innocence, et les remords s'apaisent...
— J'aperçois une ville au pied d'un mont fumant !
C'est Naples !... Saluez, peuples, l'avènement
De votre vice-roi !... Beautés de l'Italie,
A nos fêtes venez ! je veux que la folie
Habite mon palais, qu'il soit plein chaque nuit
De flambeaux, de festins, de plaisirs et de bruit.
Venez ! déjà j'entends la musique... l'on danse...
C'est un bruit souterrain qui marque la cadence...

Une ronde... Pardon ! senora, donnez-moi
Votre main... oh ! mon Dieu ! qu'elle est froide ! j'y voi
Du sang !... c'est vous, Rachel ?... Sous cette sombre voûte
Pourquoi descendons-nous ?... Des enfers c'est la route !
Pas si vite !... arrêtez !... C'est un tumulte affreux !...
Nous roulons emportés dans la nuit, dans les feux...
Ce bruit sourd, infernal, qui marque la mesure,
Devient toujours plus fort !... Rachel, je t'en conjure !
Lâche-moi ! lâche-moi !...

SCÈNE VI.

ALVAR, GUSMAN.

GUSMAN.
>>Quoi ? seul ! pourquoi ces cris ?
Ces cris de désespoir et de terreur ?

ALVAR.
>>Je ris.

GUSMAN.
Quelqu'un était ici ?

ALVAR.
>Tout l'enfer !

GUSMAN.
>>Oui, sans doute !
Il ne te quitte pas.

ALVAR.
>Le bruit s'éloigne... Écoute !

GUSMAN.
Mais le prince ?

ALVAR.
>Le prince est par là descendu.

GUSMAN.
O ciel ! il se pourrait !... est-il sauvé ?

ALVAR.
>>Perdu !
Vas aux pavés sanglants demander sa cervelle.

GUSMAN.

Es-tu fou? dis-tu vrai?

ALVAR.

Je dis vrai. Qu'on appelle
Le grand inquisiteur.

GUSMAN.

C'est toi, traître, c'est toi
Qui répondras de tout!

ALVAR.

J'en rendrai compte au Roi.

GUSMAN.

Quel crime!... Adieu! je pars. Espagne, je te quitte!
En te donnant ce roi cruel, Dieu t'a maudite!

*(La scène change.—Le théâtre représente la chambre
de la Reine.)*

SCÈNE VI.

ÉLISABETH, MARIE.

ÉLISABETH.

Le Roi nous fait partir pour Aranjuez.

MARIE.

Le jour
Ne paraît pas encor; mais j'entends dans la cour
Les chevaux, les valets; de fenêtre en fenêtre,
Des flambeaux allumés commencent à paraître.
On se lève au palais.

ÉLISABETH.

Un jour, deux longues nuits,
Depuis que je l'ai vu!... Je ne sais où je suis,
Ce que je fais... Gusman aussi nous abandonne.
Tu n'as rien pu savoir?

MARIE.

Rien, madame.

ÉLISABETH.

Et personne

10

Qui puisse pénétrer dans ces affreux cachots,
Savoir s'il est vivant, s'il est mort, don Carlos!
Être seule au milieu d'un sinistre silence,
Ne rien savoir!... douter, douter sans espérance,
C'est souffrir mille morts! c'est l'enfer! Ah! comment
Puis-je encor supporter cet horrible tourment?
Carlos, nous étions seuls. Ta main était armée.
Je ne souffrirais plus, si tu m'avais aimée.
Je vois toujours ce bras qui vers mon front s'étend.
Il soulève mon voile... il m'a vue! et pourtant,
Tout le jour devant moi calme et comme impassible,
Il semblait ignorer ce mystère terrible.
Quelquefois seulement ses yeux fixés sur moi,
Muets accusateurs, glaçaient mon sang d'effroi.

MARIE.

Peut-être à la pitié son âme s'abandonne,
Et, s'il feint d'ignorer, sans doute qu'il pardonne.

ÉLISABETH.

Lui pardonner?... jamais! Va, son calme est trompeur.
Plus je le vois tranquille, et plus il me fait peur.
Je voulais prier Dieu pendant la nuit entière,
Mais je ne trouvais pas d'accents pour la prière.
Mon âme, qui vers Dieu cherchait à s'élancer,
Dans son crime toujours se sentait repousser.

(Elle se met à genoux.)

Mon Dieu! prends en pitié ma profonde misère;
Que ton souffle me vienne enlever de la terre!
Hélas! il en est temps : à force de souffrir,
J'ai vécu plus qu'une autre et j'ai droit de mourir.

SCÈNE VII.

ÉLISABETH, MARIE, PHILIPPE, la Marquise DE MONDÉJAR, Seigneurs, Pages.

PHILIPPE.

Quoi? même avant le jour, en prières, madame!

Notre reine, duchesse, est une sainte femme.
J'espère que le ciel exaucera ses veux,
Et nous consolera dans nos malheurs tous deux.
Nous en avons besoin. Le juge impénétrable,
Toujours juste pourtant, nous frappe, nous accable.
Courbons-nous résignés et recevons ses coups.
Qu'on prenne, dès ce jour, le deuil autour de nous!
Que l'Espagne à genoux redouble ses prières,
Qu'on voile nos tambours, nos armes, nos bannières!
Nous n'avons plus de fils! Dieu nous l'a retiré.

> (Il s'approche d'Élisabeth, qui se penche sur
> l'épaule de Marie.)

Votre cœur est autant que le mien déchiré.
Vous sentez ma douleur, vous savez la comprendre.

> (Il lui prend la main.)

Vous étiez pour mon fils une mère si tendre!
Mais je veux m'acquitter un jour, comptez-y bien.

MARIE.

Dieu! la Reine se meurt!

PHILIPPE.

Oh! non, ne craignez rien!

> (A la comtesse de Pons.)

Son mal nous est connu... Secourez-là, comtesse.
Le prêtre attend! messieurs, suivez-nous à la messe.

FIN DU CINQUIÈME ACTE.

LIMOGES. — IMP. H. DUCOURTIEUX.

www.ingramcontent.com/pod-product-compliance
Lightning Source LLC
Chambersburg PA
CBHW070910030726
47504CB00005B/1522